古事記異聞

―鬼統べる国、大和

高田崇史

講談社ノベルス

KODANSHA NOVELS

○カバー＋本文デザイン　坂野公一（welle design）
○ブックデザイン　熊谷博人＋釜津典之
○帯写真　Shutterstock
○帯カットイラスト　柿崎えま
○地図制作　ジェイ・マップ

三輪山を
しかも隠すか雲だにも
情《こころ》あらなむ
隠さふべしや

額田王『万葉集』

三輪山
薬井戸
狭井神社
鎮女池
市杵嶋姫神社
三ツ鳥居
参集殿
拝殿
巳の神杉
磐座神社
くすり道
儀式殿
祈禱殿
手水舎
社務所
祓戸社
参道
久延彦神社
二の鳥居
大直禰子神社
N

大神神社境内略図

目次

#《プロローグ》

今月から、出雲大社《いずもおおやしろ》の仮殿遷座《かりでんせんざ》が始まる。

これから、およそ五年の歳月をかけて、昭和二十八年（一九五三）以来、六十年ぶりとなる本殿大遷宮《ほんでんだいせんぐう》が執り行われるのだ。特に今回は、昭和の遷宮では行われることのなかった大屋根の千木《ちぎ》・鰹木《かつおぎ》・鬼板《おにいた》などが、すべて黒く塗装される。

重々しくシックで良いという意見がある一方、おどろおどろしいなどと評する人間もいるようだが、しかしこれが本来の大社本殿の姿で、明治十四年（一八八一）の修理以来、およそ百三十年ぶりに蘇ることになった。古来「天下無双の大廈《てんかむそうのたいか》」と謳われてきた、歴史ある大社造《づくり》本殿の真の姿が再び現れるのである。

それを想像するだけで、鏑木団蔵《かぶらきだんぞう》の胸は――もうすぐ喜寿を迎えようという歳なのに――夏休みや遠足を心待ちにする小学生のように高鳴る。

団蔵は、朝日が差し込む居間に飾られた神棚の前に立つと、大きく息を吸い込んだ。

神棚には、神礼を中心にして瑞々しい榊《さかき》、朝一番の水の入った水玉、塩、米、日本酒の神饌《しんせん》が上がり、さらに真上の天井には「雲」と墨書された紙が貼られて、常に清々《すがすが》しく保たれている。

この神棚は、出雲大社と伊勢神宮を結んだ、一直線上に飾られている。

正面は東南東の伊勢神宮を向いているので、その前面に立つ団蔵は、必ず西北西――出雲大社に向かって拝礼することになる。

団蔵は、両手を合わせて静かに目を閉じると、出雲に坐《いま》す神々を思う……。

一の宮の熊野《くまの》大社には、八岐大蛇《やまたのおろち》退治の素戔嗚尊《すさのお》が。

陰暦十月の「神在月《かみありづき》」に八百万《やおよろず》の神々が集う佐太《さだ》神社には、猿田彦《さるたひこ》神が。

「幽世《かくりよ》」の神だけが司ることのできる「縁結び」で有名な八重垣《やえがき》神社には、素戔嗚尊の后神・奇稲田《くしいなだ》姫が。

全国の「えびす社」の総本宮の美保《みほ》神社には、自ら入水し黄泉《よみ》国に旅立った大国主命《おおくにぬし》の御子・事代主《ことしろぬし》神と、その母神――大国主命の后神・三穂津《みほつ》姫が。

そして、神魂《かもす》神社、日御碕《ひのみさき》神社、万九千《まくせのやしろ》神社……。

団蔵は、音高く四拍手《しはくしゅ》の柏手を打ち、短拝詞《たんぱいし》を三度繰り返し唱える。

「祓《はら》へ給《たま》へ
清《きよ》め給へ

守り給へ
幸《さきわ》へ給へ」

今日もまた何事もなく、安寧でありますように。

いかなる邪事《よこしまごと》も起こらず、人々が平穏に暮らせますように——。

八雲立つ「出雲」の国の永遠《とわ》の弥栄《いやさか》を、団蔵は一心に祈る。

出雲国の平穏がなくては、日本国全体の平和と繁栄はない。わが国の全ては、出雲国に依っていると言っても過言ではない。人間は「昼」だけでは生きて行かれないのだ。目に見えぬ「夜」の存在なくして生は成り立たない。

そして出雲国には、わが国を根源から支える——地面の下から支えている神々が坐すのだ。

それ故に、わが国の根幹ともいえる「出雲」は、神掛けてかの地に在り続けねばならないのだ。永遠に。

団蔵は、ゆっくり神棚を見上げると、自分に言い聞かせるように呟いた。

たとえ、

〝出雲の「真実」がどうであろうとも——〟

《神の放つ白羽矢《しらはのや》》

桜は数日前に満開を迎えたが、風は凍えるようだった。

駅の時計は、午前五時五十分。日の出の時刻は過ぎているものの、辺り一面はまだ薄暗い闇の中。

橘樹雅《たちばなみやび》は、品川駅の新幹線ホームを足早に歩き、すでに入線していた午前六時発の「のぞみ99号」に乗り込む。東京駅始発「のぞみ1号」より一本前、品川始発・博多行きの東海道新幹線だ。

こんなに早い時間というのに、予想していた以上に乗客が多かった。全員が、出張のサラリーマンのようだ。その中で、明らかに雅一人が浮いている。

空いている二人掛けの座席を見つけて腰を下ろすと、早速テーブルを倒し、バッグから取り出した資料をドサリと載せた。

雅は今年の春から、東京・麴町《こうじまち》の「日枝山王《ひえさんのう》大学」大学院修士課程に進む。その研究の一環として、今日これから奈良・大神《おおみわ》神社までフィールド・ワークに行く。

雅が進むのは、水野史比古《みずのふみひこ》という自他共に認める民俗学界の異端児で、特異な論文ばかり発表している一風変わった壮年の教授が主宰している研究室だが、先日出かけた京都で、偶然、その同じ研究室の大先輩・民俗学研究者の金澤千鶴子《かなざわちづこ》と知り合った。今回、話の流れから、二人で奈良に行くことになったのである。

新幹線は、京都に八時二分到着予定。

千鶴子とは、新幹線改札口で待ち合わせているので、そのまま京都発八時十五分の近鉄特急に乗れば、九時半過ぎには三輪《みわ》駅に到着できる。

雅は、少しずつ明るくなってゆく窓の外の景色を眺めながら、今回行く奈良に関しての、学部生時代の水野の講義を回想した——。

その日。

いつものように黒縁眼鏡をかけ、チョークを一本だけ持って教室に入ってきた小太りの水野は、

「青丹吉　寧楽乃京師者咲花乃　薫如今盛有」

癖のある字で黒板に書きつけると、学生を振り返った。

「『万葉集』三三二八。

青丹《あおに》よし　奈良の都は咲く花の
　匂ふがごとく　今盛りなり

――です」

誰もが知っている小野老朝臣《おののおゆのあそみ》の有名な歌だ、と思っていると水野は言う。

「もしかすると、みなさんは誤解されているかもしれませんが、この歌はただ単に『青や丹で飾られた奈良の都はとても綺麗ですね』などという、のどやかな歌ではありません。というのも、装飾としての意味だけではなく、この場合の『青』は『砂鉄』。そして『丹』は『水銀』を表しているからです」

えっ、と驚く雅たちの前で水野は続ける。

「もっと詳しく言えば『丹』は『辰砂《しんしゃ》』で、硫化水銀（Ⅱ）つまり、水銀と硫黄の化合物です。この名称は古代中国の『辰州《しんしゅう》』――現在の湖南省付近――に由来するといわれています。そこで採れた『砂』という意味ですね。それが日本に伝わると『朱砂《すさ》』『丹砂《たんさ》』と呼ばれる物質になって、さらに酸化鉄（Ⅱ）までもが『丹』に含まれるようになり、その結果『朱砂《すさ》の王《おう》』という言葉も生まれました。改めて言うまでもなく、日本神話を代表する荒ぶる神の名称です」

水野は黒板に「素戔嗚尊」と大書した。

どよめく学生を見回して水野は続ける。

「歌に戻れば、それらを手に入れた朝廷は『咲く花』――これに関しても、木花之佐久《このはなのさく》夜毘売《やびめ》のときにお話ししたと記憶していますが、踏鞴《たたら》場で鉄を鍛える際に飛び散る特大の線香花火のような火花のことです。つまり、直截的に言えば『鉄』です。木花之佐久夜毘売は『粉《こ》の華《はな》の咲くや姫』ですので――。つまり、それを自分たちのものにした奈良王朝は『今盛有《さかりなり》』だという、非常に政治的な歌というわけです。『匂う』という言葉の語源として『丹生《にお》う』があります。水銀や鉄を見つけたぞ、素晴らしいことだ、という意味ですね」

そこまででも仰天したが、さらに水野は畳みかける。

当時「鉄」といえば「出雲国」や「吉備国」。

また「丹」といえば「伊勢国」。

つまり、この小野老の歌は、

「奈良朝廷は鉄（を産する出雲や吉備）や、丹（を産する伊勢）をすべて手に入れたので、都は鉄精製の際に飛び散る火花で溢れ、匂う（丹生《にお》う）ように栄えていますね」

という二重三重の意味を持っているのだという。

しかし水野の説は、決して穿《うが》ちすぎではなかった。

少なくとも、個々の部分に誤りはない。今まで、これらの歴史や事実を踏まえて総合的に解説している人間が誰もいなかった、というだけの話。

〝ただ単に、奈良の都の綺麗な風景を詠んだと思っていた歌に、こんな意味が隠されていたなんて……〟

雅は改めて呆然とした。

しかし、これくらいの奥深い意味が隠れていなければ、この歌が千年を越えて読み継がれるわけもない――。


そんな水野の講義が面白くて、体調が悪かったときに一時限休んだだけで、後は（雅にしては珍しく！）全出席した。おかげで成績も立派に「優」をもらった。そこで、大学院に進むことを決心した際には、迷うことなく水野に相談に行き、めでたく許可を得て入室することに決まった……のだが。

何ということだろう。

水野は「サバティカル・イヤー」で長期休暇を取得し、研究室を一旦離れてしまったのだ。聞けば、インドやネパールを独りでまわるのだという。そのために、水野の不在の間は、准教授の御子神《みこがみ》伶二《れいじ》が責任者となった。

御子神は、学生たちの評判が非常に悪い。とにかく冷淡で無愛想な男性だった。いや、無愛想なのは別に構わないとしても、研究室に挨拶に行った雅に対して、

「『雅』（という文字）は烏《カラス》を表している」

とか、

「八咫烏《やたがらす》は『二股膏薬《ふたまたごうやく》』で、善悪どちらにも転ぶ二面性を持っている」

などという失礼なことを面と向かって口にするのだ。

雅が選んだ研究テーマである「出雲」に関しては、

「（雅の話を聞く限り）出雲をほとんど理解できていないことが充分に分かった」から「非常にやり甲斐あるテーマ」だろう、などと言い放った。

何て傲岸で不快な准教授だろう！

更に御子神だけではなく、雅より十歳ほど年上の研究室助教・波木祥子《なみきしょうこ》も、輪をかけたように他人行儀で水臭く、研究室で何度も顔を合わせているにもかかわらず、未だに全く微塵も露ほども、打ち解けていない。

悲惨すぎる環境だ。

でも……。

雅自身がこの研究室を強く希望したのだから、後には引けない。それに、一年だけ我慢すれば水野がまた戻ってくる。

そう自分に言い聞かせ、自ら鼓舞しながら「出雲研究」の下準備を始めたのだった。

先月の終わりには島根に行き、出雲大社を始めとして松江から奥出雲まで「出雲国四大神」の鎮座する神社や、民俗館・博物館も含めて、四日間で三十ヵ所以上もの神社や史跡をまわった。

その後、一旦東京に戻ってから、先日は京都に行き、元出雲・出雲大神宮《いずもおおかみのみや》から、「怨霊の寺」出雲寺《いずもじ》や、上賀茂《かみがも》・下鴨《しもがも》周辺の「出雲」関係の寺社・史跡を、こちらも十ヵ所ほど見てきた。

といっても本心を口にしてしまえば――。

雅が研究テーマに「出雲」を選んだのは、素戔嗚《すさのお》尊や大国主《おおくにぬし》命が、強力な「縁結び」の神徳を持つ神様といわれているからだった。つまり、ちょっとだけ邪《よこしま》な個人的動機で「出雲」をテーマに決めた。優しくて魅力的なカレシができますように、と。でも、これは許容範囲だと思う。現在「フリー」の女の子だったら、誰でもが願うこと。

しかし――。

実際にこうして「出雲」を追っていると、想像もしていなかったことだらけで、びっくりしているのも本音。

最初に驚いたのは、今まで「出雲」といえば大国主命だとばかり思っていたけれど、実は素戔嗚尊がメインの国だった。大国主命を主祭神としている出雲大社よりも、素戔鳴尊を祀っている熊野《くまの》大社の方が格上だったし、出雲大社内でも最奥部には素戔嗚尊を祀っていた。

さらに奥出雲まで行けば、鎮座しているほぼすべての神社が素戔嗚尊と、彼の御子・五十《い》猛《たける》命を祀っていた。

つまり「出雲」や「出雲大社」は、もともと素戔嗚尊のものだったのだ。

だが不思議なことに『出雲国風土記』には、その素戔嗚尊の伝説の中でも一大スペクタクルともいえる「八岐大蛇退治」の話が載っていないし、素戔嗚尊自身もほとんど無視されている。実際に雅が調べたところでも『風土記』に登場するのは、わずか四ヵ所。

意宇郡《おうのこおり》、安来《やすき》の郷《さと》。

飯石《いいし》郡、須佐《すさ》の郷。

大原《おおはら》郡、佐世《させ》の郷。

同じく大原郡、御室《みむろ》山。

たったこれだけだ。

しかも、『記紀』のように暴れるわけでもなく、大蛇と戦うわけでもなく、大抵がただ一言残すくらいで退場してしまう……。

その後、いつの間にか「出雲」は大国主命が統治していた国といわれるようになって、出雲大社の主祭神には大国主命が収まり、立派な神殿が建立された。

ところが！

その出雲大社は、出雲国の中心どころか、むしろ外れに存在していたのだ。神話に描かれているような天を突く立派な神殿が造営されたことは真実だったようだけれど、古地図で確認すれば、離れ小島と呼んでもおかしくはないほどの僻地だった。

このギャップは、一体どういうことなのだろう？

ひょっとすると「出雲国」は、雅が考えていたような、ただ純粋に素戔嗚尊の国、あるいは「神々が流されてできた国」といった、単純な存在ではないのかも知れない

——という、気の遠くなるような謎にチャレンジすることになってしまった。

雅は軽く頭を振ると、乗車前に買った目覚まし代わりの熱いコーヒーを一口飲む。

ただし、ヒントになりそうな話を先日、御子神から教わった。

京都に「元出雲」と呼ばれている神宮があるというのだ。その名も「出雲大神宮」。

出雲大社が「杵築《きづき》大社」と呼ばれていた江戸時代の末期のころまで、一般的に「出雲大社」といえば、この神社を指していたのだという。

天照大神が現在の伊勢の地に収まられる以前に鎮座されていた地を「元伊勢」と呼んでいるのだから、大国主命が島根に鎮座される前にいらっしゃった場所は「元出雲」。

素直に考えれば、そうなる。

その話を聞いた雅は、今度は京都に足を運んだ。すると、京都市内にも「出雲」と名のつく場所が何ヵ所もあることを知った。たとえば、

怨霊の寺と呼ばれた、出雲寺。

出雲路《いずもじ》と、賀茂《かも》川に架かる出雲路橋。

出雲路幸神社《さいのかみのやしろ》。

下鴨神社の境内摂社の、出雲井於《いのへ》神社。

まわれなかったけれど、出雲高野《たかの》神社……等々。

しかも、これらはすべて上賀茂・下鴨神社の近辺だった。

何故その場所に「出雲」が多いのか？

朝廷は、自分たちが攻め滅ぼした「出雲国」から大勢の出雲の人々を連行してきたからだ。なかでも女性たちは、断種政策の犠牲となったため、かなりの人数が命の危険を顧みず脱走を試みるほど凄惨な環境に置かれていた。

その出雲臣たちの監視役となったのが、賀茂氏《かもうじ》だった。

賀茂氏は「出雲」と同じ「三輪《みわ》氏」の祖先を持ちながらも、彼らを裏切って朝廷側についた。

結果、ある程度の地位を手に入れたのだが、最後はやはり朝廷の断種政策によって「出

雲」の血を引いた子孫は、根絶やしにされてしまう。そのために賀茂氏も、素戔嗚尊や大国主命たちと同様に「怨霊」となってしまった――。

先日の京都でそんな話を教えてくれたのが、金澤千鶴子だった。千鶴子からはその他にも、さまざまな話を（美味しいお酒をごちそうになりながら）聞くことができた。

そのときの千鶴子の話の中にも出てきたけれど、あの地域に不思議なほど多く鎮座している「猿田彦《さるたひこ》神」。

猿田彦神に関しては、『誹風柳多留《はいふうやなぎだる》』に、こんな川柳が載っている。

猿田彦いつぱし神の気で歩き

猿田彦神は大したことのない神なのに、他の神々を先導して偉そうに歩いているよ――と、江戸人たちから揶揄されているのだ。

だが千鶴子は、猿田彦神は伊勢国の神だった――というより、伊勢国は猿田彦神ものだったのだと言った。そこに、後から天照大神が、長い流浪の末に入ってきたのだと。

調べてみると、伊勢の地主神ともいわれている「伊勢津彦」こそが、猿田彦神なのではないかという説まであった。それを江戸人たちは、知らなかった（あるいは、知らないフリをしていた）らしい。

そう言われれば、伊勢神宮に参拝する際には、最初に猿田彦神が祀られている二見興玉《ふたみおきたま》神社をお参りするのが正しい参拝順序とされているし、前回の出雲大神宮でも、猿田彦神が祀られている「黒太夫《くろだゆう》社」からお参りするのが正式とされていた。

猿田彦神は「先導」の神だから最初に参拝するんだろう、と勝手に納得していたが……どうやら、そんな単純な話ではなさそうだ。

しかも。

つい先週の電話で、千鶴子がとんでもないことを告げた。

京都での話を交わした後で、

〝世阿弥作ともいわれている能で『三輪』という曲があるのよ〟

と彼女は唐突に言った。

〝三輪山のほとりに住む僧の前に、三輪明神が現れて昔物語をして神楽を舞うというストーリーなんだけど……その最後に、こういう謡《うたい》が入る。

『おもへば伊勢と三輪の神。一体分身《いったいふんじん》の御事《おんこと》今更何と磐座《いわくら》や』

と。つまり、伊勢の神と三輪の神は同体。そんなことは今更言うまでもない——というわけ〟

伊勢と三輪が同体？

聞き間違いかと耳を疑っていると、元伊勢・籠《この》神社の言い伝えや『山城国風土記』逸文などを例に挙げた。

伊勢の神——天照大神。豊受大神。猿田彦神。
元伊勢の神——彦火明命＝饒速日《にぎはやひ》命（＝賀茂別雷神）。
三輪の神——賀茂別雷神の父神の火雷神＝大物主神。

ここで「伊勢の神＝三輪の神」とすると、

〝全員が繋がり、全てが三輪・大神神社に集約される〟

と千鶴子は言った。

当時の慣例として「父神」「母神」「子神」は「同体」「同神」と扱われることは多く見られる。「同族神」「血縁神」であれば男女を問わず「同神」と見なすから千鶴子の言うように「すべてが」というのは大袈裟な表現だとしても——かなりの部分が「三輪」に集約されてくることは事実だ。三輪の神である大物主神に。

となると……。

〝大物主神って、何者？〟

今更ながらの疑問が頭をよぎる。

参考書や文献に載っている程度ならば承知しているし、前回の京都でも登場した。

賀茂氏・八咫烏の娘神である玉依姫《たまより》が、賀茂川・瀬見《せみ》の小川で川遊びをしていると、上流から丹塗矢《にぬりや》が流れてきた。姫はそれを拾い上げて持ち帰り、自らの寝床近くに挿しかけておいたところ身籠もり、御子を授かった。その御子が賀茂別雷命であり、丹塗矢――つまり父親こそが、大物主神だったという。

そのとき、千鶴子は、

〝この『丹塗矢』は、いわゆる男性であることは明白ね〟

と言った。さらに、『古事記』にも全く同じようなエピソードが書かれていて、しかも「丹塗矢に化《な》りて」彼女の陰部を突いたとあり、もっと直截的だ、と説明した。

ところがこの大物主神も、素戔嗚尊と同様に「出雲」の神でもあるのだという。それどころか大国主命と同体、つまり血縁神だというのだ。

そうだとすれば、島根や京都だけではなく「出雲」が奈良――大和に存在する？

その話を（絶対に！）聞き逃すことのできなかった雅は、フィールド・ワークに同行させてもらうことに決め、こうして新幹線に揺られている。

＊

我々の世は「顕世《うつしよ》」と「幽世《かくりよ》」という二つの世界で構成されている。

「顕世」は、我々が日常的に目にして接している世界で「此岸《しがん》」――「現世」のこと。一方「幽世」は、我々の目には映らない「彼岸《ひがん》」――「常世《とこよ》」、つまり「あの世」のことだ。


鏑木団蔵は胡座をかいたまま目を閉じると『記紀』の一場面を思い出す。

伊邪那岐命《いざなき》が、命からがらあの世から逃げ帰って来た際に、自分の身にまとわりついてしまった穢れを祓うために「筑紫《つくし》の日向《ひむか》の小戸《おど》の橘《たちばな》の檍原《あわぎはら》」で禊ぎをした。その時に生まれたのが、天照大神、月読《つくよみ》命、素戔嗚尊。いわゆる「三貴神《さんきしん》」だ。

伊邪那岐命は彼らに命じる。天照大神は「天地」を、月読命（あるいは素戔嗚尊）は「根の国」と「海原」を治めよ、と。

そのため、天照大神は伊勢に坐して「昼の国」を、素戔嗚尊たちは出雲に坐して「夜の国」を統治することになった。

しかし……。

天照大神や天皇家の関与する「昼の国」は良いとして、素戔嗚尊を始めとする出雲の神々が関与している「夜の国」は、常に雷が鳴り響く、鬼神の棲む暗黒の世界。泉の水も黄色く濁っているという「黄泉《よみ》」の国。同時にそこは、人の「寿命」や「縁」を司るといわれている。

そう。

全く人の手の及ばぬ世界なのだ。そこに、出雲の神々が坐す。

故に、無理にそれらに触れようとする人間は、出雲の神々の手によって必ず罰せられる。そこに仏のような「慈悲」はない。あるのはただ純粋に、一線を越えたか越えなかったかという基準だけだ。何と峻厳で、簡素な話だろうか……。


団蔵は目を開いて立ち上がった。

日課である率川《いさがわ》神社参拝に出かけるのだ。

その昔——。

この小さな率川神社を摂社にするにあたって、大神神社と春日大社が激しく争い、ようやく大神神社摂社となったという歴史を持っている。何故、この小さな神社を、あれほどの大社同士が争ったのだろうか？

それには、きちんとした理由があるのだが、もちろん由緒などにも書かれてはいない。一社の深秘《じんぴ》だが、今や神職たちからも忘れられてしまっているのではないか。時の流れ、という言葉で済ませるには、余りにも悲しすぎる話かも知れない——。

団蔵は、頭を振りながら玄関を出た。

＊

雅はすっかり冷めてしまったコーヒーを飲み干すと、少し横道に逸れてしまった思考を現実に戻して、テーブルの上に次の資料を広げた。

今回のフィールド・ワークのメインテーマ、大和国一の宮・大神神社だ。

まず根本の根本から――。

どうして「大神」と書いて「おおみわ」と読むのか？

この理由は単純。

本居宣長《もとおりのりなが》も言っているように、三輪神は当時の人々から特に尊崇されていたため、「大神《おおかみ》」といえば、三輪神を指した。それが次第に「大神」と書いて、そのまま「おおみわ」と呼ばれる（読まれる）ようになったのだという。

あっさり納得してしまいそうになるが、よく考えると凄い話だ。会社でいえば、「社長」と書いてその人の苗字で読む、ということになる。あるいは「大統領」や「総理大臣」と書いて、その人の苗字で読むのが習慣化された……？

現代では、とても考えられない。

しかし実際に、当時の人々はそう呼んだ（読んだ）。

それほどまでに三輪の神——大神は、深く崇められていたことになる。

雅は、大神神社の縁起に目を通す。

「当神社の神体山三輪山に鎮《しず》まります御祭神大物主大神は、世に大国主神（大国様《だいこく》）の御名で広く知られている国土開拓の神様であり、詳しくは倭大物主櫛甕魂《やまとのおおものぬしくしみかたま》命と申し上げます」

とある。

そして、大物主神が三輪山に鎮座されたために、大神神社では本殿を設けず、拝殿から三諸《みもろ》の神奈備《かんなび》——基本的に出雲系の神々の鎮まる山——と呼ばれてきた標高四百六十七メートルの三輪山を拝するという「原初の神祀り」の形態を取っている「我が国最古の神社」なのだと書かれていた。

三輪山を拝むための鳥居自体も変わっていて、大きな明神《みょうじん》鳥居を中心に据え、両脇に小ぶりな明神鳥居を一基ずつ組み合わせた「三ツ鳥居」なのだ。この形状の鳥居は非常に数少なく、その成立や起源については詳らかではない。そのため、古い社蔵文書にも「古来一社の神秘也」とのみ記されている。

では、どうして大物主神は三輪山に鎮座されたのか？

その経緯について『書紀』にはこうある。神代上《かみのよのかみのまき》だ。

大己貴神《おおなむち》（大国主命）は、少名彦名神《すくなひこな》と共に国造りに取りかかったが、道半ばにして少名彦名神は常世の国へ去って——つまり、死んでしまった。そのショックの余り途方に暮れていると、海の向こうから光を放つ神がやってきた。驚いた大国主命が名を尋ねると、その神は、

「吾《われ》は汝の幸魂奇魂《さきみたまくしみたま》である」

と名乗り、さらに、

「私は、三諸山（三輪山）に住もうと思う。そして、私を三輪山に祀るなら、日本の国は無事に形成されるであろう」

と予言する。その言葉に喜んだ大国主命は、すぐに宮を造って神を鎮座させた。その神こそ、

「此《これ》、大三輪《おおみわ》の神なり」

というわけだ。

またそれに関連して、もう一つ『記紀』にある。

崇神《すじん》天皇の御代。国内に疫病が流行し、国民の多くが死亡、容易ならざる状況となったとき、天皇の御夢に大物主神が現れ、

「国の治《おさま》らざるは、是吾意《これわがこころ》ぞ。若《も》し吾が児大田田根子《おおたたねこ》を以て、吾を令祭《まつ》りたまはば、

立《たちどころ》に平《たいら》ぎなむ」

――国が平和に治まらないのは、私（大物主神）の意によるものだ。もし我が子、大田田根子に私を祀らせたならば、たちどころに国は平和になるだろうと告げた。

そこで天皇は早速、大田田根子命を探し出し、祭主《かんぬし》として丁重に大物主神を祀らせた。

すると大物主神の予言どおり、たちどころに疫病は止み、国内は平安となった――。

これらの結果、大物主神の棲まわれている「三輪山（御諸山《みもろ》）」が、大勢の人々から「神体山」として尊ばれるようになったのである。

ただ、ここから先が少し面倒だ。

雅は軽く嘆息すると、資料から視線を外してシートに背中をもたせかけた……。

ここで『書紀』によれば、大物主神と大己貴神は同一神とされ、その上、大己貴神は大国主命の別名というのだから、（先ほどのように、大物主神と大国主命が会話を交わしているにもかかわらず！）すべての神々が同一になってしまう。

つまり、
大物主神＝大己貴神＝大国主命。

どういうこと？

単に「同族神」「血縁神」ということなのか。

ただ、大物主神は三輪山の「出雲神」であることは間違いない。

となれば、到底「三輪山伝説」に描かれているような大人しい神とは考えられない。

事実「大山咋神《おおやまくい》」として彼を祀る、京都・嵐山の松尾大社は、

「賀茂の厳神《げんしん》、松尾の猛霊《もうれい》」

と呼ばれ、賀茂社と並んで、朝廷の人々からとても恐れられていた――。

新幹線は長いトンネルに入った。

いつの間にか、もう京都だ。

雅は急いで資料をバッグにしまうと、降りる準備に取りかかった。


新幹線は、時刻どおりに京都駅に到着した。

乗降客の隙間を縫うようにして改札口に向かう雅の姿を、いち早く見つけた千鶴子が手を振ってくれた。

雅も微笑んで応えると、小走りに改札を抜けようとしてバッグを改札機に引っかけてしまう。その様子を見て、

「そんなにあわてなくても大丈夫よ」千鶴子は楽しそうに笑った。「特急券も乗車券も、二人分買っておいたから」

「すっ、すみません」雅はバッグを肩にかけ直して改札を出ると、改めてペコリとお辞儀した。「ありがとうございます。またお目にかかれて嬉しいです」

奈良へ向かう近鉄線乗り場は、新幹線改札口の正面。

二人並んで歩きながら、

「私も」千鶴子は雅に切符を手渡す。「とっても楽しみにしてた」

もちろん、雅も昨日の夜は、仲の良い幼なじみとの旅行前夜のようにワクワクして、なかなか寝つけなかった。

「今日は、申し訳ありませんでした」と雅は改めて謝る。「私のために出発を遅らせていただいて」

当初、千鶴子は八時過ぎに三輪に到着する予定を組んでいたようだったが、雅の到着を待って出発することに変更したのだ。

「ありがとうございます」

雅が素直にお礼を述べると、

「ええと、この車両ね」千鶴子は、雅を誘って列車に乗り込んだ。「途中で乗り換えるけど、三輪駅まで時間があるから、お話ししながら行きましょう。今回も、たくさん資料を持ってきたみたいだし」

雅の膨らんだバッグを見て笑う。

「ぜひ！」

雅は千鶴子と並んで指定席に腰を下ろすと、早速、電車賃を精算する。

ここから三輪まで、一時間十五分ほど。その間に、前回の京都のお礼も言わなくてはならないし、新たに訊きたいことや確認したいことがたくさんある。

千鶴子は他校からわざわざ日枝山王大学大学院・水野研究室に入室したものの、御子神と大喧嘩して水野研究室を辞めたということだった。おそらく何らかの議論で、決裂したのだろう。

千鶴子がずっと研究していたという「大嘗祭《だいじょうさい》の問題」に関してだろうか？

この問いは前回も喉まで出かかったのだが、結局尋ねられなかった。今回、チャンスがあれば訊いてみよう。どんな問題で、研究室を辞めるほどの論争になったのか……。

特急がホームを離れると、

「今回も何か気づけると良いわね」千鶴子は言った。「あなたのためにも、私のためにも」

「はい！」

「でも、ここから奈良まであなたの目を惹く風景は、大和三山《やまとさんざん》しかないでしょうけど」

「大和三山——天香具山《あまのかぐやま》、畝傍山《うねびやま》、耳成山《みみなしやま》ですね」

「一番標高の高い畝傍山でも二百メートルはないから、三輪山の半分に満たないわね」

そういえば、と雅は尋ねる。

「その三山は、恋敵同士だったとか」

「『万葉集　巻第一』の歌ね」千鶴子は頷いた。

「『香具山は　畝火《うねび》ををしと　耳梨《みみなし》と　相《あい》あらそひき……』。

この歌に関してはいろいろな解釈があるようだけど、中大兄皇子《なかのおおえのおうじ》、つまり天智天皇《てんじ》御製ということで、額田王《ぬかたのおおきみ》を、大海人皇子《おおあま》・天武天皇《てんむ》と争った歌なのではないか、という説が一般的になってる」

「悠久のロマンですね」

「そうかしら」

「えっ」

千鶴子は、そういったことに余り興味がないらしい。

「ああ、そうだわ」思い出したようにつけ加えた。「途中に平城宮跡歴史公園があるから、そこに復元された朱雀門《すざくもん》が見える。かなり大がかりなプロジェクトみたいだから、車窓から覗いてみれば良いんじゃない」

「はい。せっかくなので」

でも、と千鶴子は言う。

「大がかりなプロジェクトといえば、やっぱり『箸墓古墳《はしはか》』ね。今回の、大神神社にも少し関わってくるし」

「そうですね」雅は身を乗り出した。「確か……大物主神にも関与している話」

箸墓伝説は、『書紀』崇神天皇十年九月の条。

第七代孝霊《こうれい》天皇皇女・倭迹迹日百襲《やまとととひももそ》姫命は、大物主神の妻となった。しかし、夫であるはずの神は、昼はやってこずに夜だけ訪れる。そこで、姫は神にお願いした。

「あなたは、いつも昼はおいでにならないため、お顔を見ることができません。どうか、もうしばらく留まってください。朝になって美麗《うるわ》しいお姿を見たいので」

すると大神は、

「もっともなことである」と答えた。「それでは明日の朝、あなたの櫛笥《くしげ》——櫛函《くしばこ》に入っていよう。しかし、私の姿を目にしても、どうか驚かないように」

その言葉を聞いた倭迹迹日百襲姫は、夜が明けるのを待って櫛笥を開けた。すると、何とその中には、衣紐《したひも》ほどの大きさの小蛇《こおろち》が入っていたではないか。

驚いた姫が叫び声を上げると、小蛇は人の姿となって、姫に向かって怒鳴った。

「約束をしたにもかかわらずお前は我慢できずに叫び、私に恥をかかせた。今度はお前を、恥ずかしい目に遭わせてくれよう」

そう言い残すと、大空を踏んで御諸山（三輪山）に登ってしまわれた。

姫はそれを仰ぎ見て悔やみ、その場にドスンと坐りこんだ。そのとき、箸で陰部を撞《つ》いて死んでしまわれた。

その姫を葬った墓を、人々は「箸墓」と名づけた。

「時人《ときのひと》、其の墓を号《なづ》けて、箸墓《はしのみはか》と謂ふ。是の墓は、日《ひる》は人作り、夜は神作る」

と書かれている——。

ものすごい亡くなり方だ。

今までの歴史上で、こんな凄惨な形で命を落とした女性は他にいるのだろうか。しかし、おそらくここにも何かの「騙《かた》り」が隠されているに違いないけれど、今はその話ではない。

また、やはりここでも「櫛函」——櫛が登場する。出雲でも奥出雲でも、京都でも登場した。そして、今から訪ねる三輪山の神も「倭大物主櫛甕《くしみか》（瓱）魂《たま》命」。

千鶴子の隣で電車に揺られながら、雅は先日思いついた「櫛」に関する自分の考えは、間違っていなかったと心の中で確信した。

古来「櫛」という名を持つ神は、不吉と考えられてきた。何故なら、全員が朝廷に刃向かった神だからだ——。

そして、それよりも何よりも。

これら、三輪山の神・大物主神と、伊勢の神・天照大神や猿田彦神が「同体」「同神」という話だ。それを千鶴子に確認しなくてはならない！

雅が尋ねると、

「私も、少し考えてることがある」千鶴子は眉根を寄せた。「まだ、ボンヤリとだけどね。だから大神神社に行くことにしたの」

「じゃあ、それは？」

「まず見学しましょう。勝手な思い込みから誤解している部分もあるかもしれない。あるいは、世間一般の常識に搦め捕られているとか……。そうなると、あなたの出番ね」

千鶴子は楽しそうに雅を見た。

前回も言われた。雅の「常識にとらわれない」発想が「面白い」と。でも雅は、ただ自分なりに素直に考えて、それを口にしているだけ——。

「じゃあ」と千鶴子は言った。「細かいところを確認し合いながら行きましょう」

「はい」

と答えて雅は、資料を取り出した。

《大いなる神坐山《かみいますやま》》

鏑木団蔵は、奈良公園から猿沢《さるさわ》池へ、そしていつものように三条通りを歩いて、率川《いさがわ》神社へと向かった。

率川神社は、大神神社の境外摂社とは言っても、第三十三代天皇・推古《すいこ》元年（五九三）に創建された、奈良市内最古の神社だ。

祭神は、三輪山《みわやま》に坐《いま》す大物主《おおものぬし》神の「狭井《さい》大神」。その后神「玉櫛《たまくし》姫命」。そして、彼らの御子であり初代天皇・神武《じんむ》の后となった「媛蹈鞴五十鈴《ひめたたらいすず》姫命」。

どの神を見ても、非常に有り難い。

団蔵は通りを右折すると、まだ人出の少ない「やすらぎの道」沿いに建つ、朱塗りの両部鳥居をくぐって神社境内に入る。少し奥まった手水舎《てみずや》で口と手をすすいで拝殿前に進む。

まだ朝早いため、辺りには人影もなく静謐だ。その中で、団蔵の柏手だけが響き、参拝を終えた。

しかし、あと二ヵ月もすれば、このあまり広くはない境内に、人々が溢れかえる。「三枝祭《さいくさのまつり》」が執り行われるのだ。これは都に流行る疫病を鎮める祭で、その昔、三輪山麓に流れる狭井川の畔の笹百合が美しく咲き誇っていた地に、媛蹈鞴五十鈴姫命が住まわれていた、という縁で始まった。

別名「ゆりまつり」とも呼ばれているように、当日は、本社の大神神社から大量の笹百合が運ばれて境内に飾られ、舞を奉納する巫女たちも笹百合の花を手に舞う。

その様子は、かの三島由紀夫《みしまゆきお》も実際に目にしたといわれ、その著作の中には、「手に手に百合の花束を握って」舞う彼女たちの姿はとても優雅であったが、やがて百合の花は「危険に揺れはじめ」まるで「一種の刃《やいば》のよう」に思えたが、結局、

「これほど美しい神事は見たことがなかった」

と書き記している。

団蔵は、ゆっくり拝殿を巡ると、右手奥に鎮座する境内摂社・阿波《あわ》社をお参りする。ここには、大国主《おおくにぬし》命の御子の事代主《ことしろぬし》神が、こちらも奈良市最古の恵比須《えびす》さまとして祀られている。そして末社の、春日社と住吉社。

これらすべてに参拝すると、団蔵は戻る途中に大きな自然石の碑に視線を移す。そこには、

はね蘰《かずら》　今する妹をうら若み
　いざ率川《いざかわ》の　音の清《さや》けさ

という『万葉集』収載の、詠み人知らずの歌が刻みつけられている。

ここに詠まれているように、当時この辺りを流れていた率川――「いざかわ」は、奈良人の生活とは切っても切れないほど重要な川だったようだ。しかしそんな川も、団蔵が幼いころにはすでに暗渠と化してしまっていた。そのため、地元に暮らす人々でも、この川を知っている人間は少なくなってしまっている。

団蔵は境内出口に向かったが、再び鳥居をくぐる前に、もう一ヵ所立ち寄る。

本社・大神《おおみわ》神社遥拝所だ。

今では、立派な石板が建ち、その中央には平山郁夫《ひらやまいくお》が描いた「三輪山の月」の陶板画が嵌め込まれている。何か立派すぎて面映ゆくなってしまいそうだが、団蔵はその前に立つと大神神社に向かって、

〝今日も出雲が安寧でありますよう〟

と、これもいつもどおりに遥拝すると、

〝そういえば……〟

ふと思った。

今では「笹百合」が、なぜ「さいくさ」と呼ばれるのか、その意味を知っている人間は少ない。いや、神社関係者でさえ知らないのではないか。この「笹百合」——山百合にしたところで、なぜ祭の必需品なのか、その理由を知る人間もほとんどいなくなってしまった。

大神神社摂社の狭井《さい》神社の鎮花祭にも、山百合は深く関係している。しかし「山百合の根は、薬となる」という、ごく一般的な誰でもが簡単に納得できる理由しか述べられていない。

こうやって、歴史は埋もれて行くのだ。

人は常に、何の苦労もなく楽に納得できる……いや「楽に自分を納得させられる」理由を求める。

団蔵たちに言わせれば、笑止千万な話であるし、若いころだったら言い争って喧嘩にもなったろう。

しかし、年老いてしまった今は違う。

〝それもまた、正しい歴史だ〟

自嘲をこめて苦笑すると、団蔵は静かに鳥居をくぐり、率川神社を後にした。

＊

三輪駅に到着した雅たちは、こぢんまりとした駅舎を出た。

大和国一の宮・大神神社最寄りの駅なのだから、もっと立派で大きな駅舎を想像していた。年末年始は大混雑になるらしいが、今日は無人改札だった。しかし、一日に一万五千人もの乗降客があるという、伏見稲荷《ふしみいなり》大社前の奈良線・稲荷駅も、かなり小さな駅舎だったから、驚くようなことではないのかもしれない。

改札口を出ると、狭いロータリーの周囲には、店がポツリポツリと点在しているだけで人影もなく閑散としていた。しかし、千鶴子は迷わず一軒の土産物屋に入って行く。到着早々いきなり土産を買うのかと驚いたが、そこで卵と小瓶の日本酒を購入するのだという。

「大神神社境内に」千鶴子は言う。「巳《み》の神杉《かみすぎ》という、立派な杉の古木が立っているの。その根元には洞《ほら》があって、そこに大物主神の化身の白蛇が棲んでいるといわれてるのよ。そこにお供えする」

「そのために」雅は目を丸くして、日本酒がズラリと並んでいる棚を眺めた。「卵とお酒のセットが、こんなにたくさん用意されているんですか？」

そうよ、と千鶴子は微笑む。

「お供えしたときに、白蛇の姿を目にすることができたら、素晴らしい幸運が訪れるんですって。残念ながら私は、まだ一度も目にしたことがないけれど、実際に見た人もいるそうよ。まあ……ちょっとしたロマンね」

千鶴子は微笑むと、代金を支払って二人は店を出た。

しかし千鶴子は「大神神社」と書かれた道標とは反対の方向に歩き出す。

あわてた雅は、

「あ、あの！　神社はそちらじゃなくて――」

呼び止めたが、

「いいのよ」千鶴子は、笑いながら振り返る。「あちらは、新しい参道。私たちは、旧参道でお参りしましょう」

「旧参道？」

「ここから少し南に行った場所に、大鳥居が立ってる」

「日本有数の大きさを誇るという、有名な鳥居ですね」

そう、と千鶴子は頷いた。

「昭和天皇の御親拝と在位六十年を奉祝して建立された、高さ三十メートル以上もある鋼の鳥居。神社の参道は、そこから緩いカーブを描きながらほぼ一直線に延びて、桜井線の線路を渡り、門前の二の鳥居へと続いてる。でも、実はその参道の隣に、もう一本細い道があるの」

「それが、旧参道ですか」

「ええ。そして旧参道の入り口には、大神神社・摂社の綱越《つなこし》神社という『延喜式《えんぎしき》』にも載っている由緒正しい古社が建っている」

「つなこし……神社？」

「その名称は『夏越《なごし》の祓《はらえ》』の『夏越』からの転訛ともいわれていて、通称『おんぱらさん』――御祓《おんはらい》で、早い話が『祓戸社《はらえどしゃ》』ね」

「ああ……」

「祭神は、瀬織津《せおりつ》姫命、速秋津《はやあきつ》姫命、気吹戸主《いぶきどぬし》命、速佐須良《はやさすら》姫命という、祓戸大神《はらえどのおおかみ》たち。昔は誰もがこの神社で穢れを落としてから、大神神社へと向かったのよ」

うんうん、と納得している雅に向かって、

「しかも」千鶴子は続けた。「旧参道は、途中で大神教本院にぶつかる。この教団は知ってる？」

「いいえ……余り」

今度は首を横に振る雅に、千鶴子は簡単に説明した。

「もともと大神神社に付設されていた小教院――寺院だったんだけど、明治の神仏分離令の際に標的になって、三輪山を神体山として奉拝する大三輪信仰そのものまでもが消滅の危機に立たされてしまうという、とんでもない窮地に追い込まれたの」

「大三輪信仰そのものまで！」

わが国で最も古い信仰の一つである、大神信仰を消滅させてしまおうなんて、当時の人々は、一体何を考えていたんだろう？　……。雅には想像すらできない暴挙だ。

そこで、と千鶴子は言った。

「驚いた当時の禰宜《ねぎ》が、宮司の了承を得て、分離独立して創立した教院。つまり、あの滅茶苦茶な神仏分離令の傷跡ともいえる寺院ね」

千鶴子は苦笑した。

「旧参道は、その大神教本院の手前で、ほぼ九十度左に折れ、さらに今度は右に九十度折れて、現在の参道と合流する。あなたは『参道が折れる』という意味を知っているでしょう」

「はい」

雅は大きく首肯する。

水野から何度も教わっている。

「怨霊を祀る寺社の特徴の一つです。怨霊は一直線にしか進めないという迷信に基づいて、わざと参道を折れ曲がらせていると教わりました」

そう、と千鶴子は頷く。

「詳しい理由は省くけど、実際に数え上げればキリがない。太宰府天満宮《だざいふてんまんぐう》。伊勢神宮。宇佐《うさ》神宮。八坂《やさか》神社。伏見稲荷大社。熊野三山《くまのさんざん》。明治神宮——などなど」

確かに多い。

穿った見方をすれば「参道を折る」ことによって、ここに祀られている神様は怨霊なんですよ、と教えているのではないかと思えてしまうほどだ。

千鶴子は続ける。

「ただ、大神神社に関して言えば、現在は昔と違ってマイカーや大型観光バスで直接乗りつける参拝者がほとんどのようだから、交通事情を考えると、狭い旧参道をメインにしたままというわけにはいかなかったんでしょうね。怨霊を封じ込めるという昔からのシステムから外れてしまうけれど、時代の趨勢で仕方なかったのかもしれない……。でも私たちは、綱越神社でまず穢れを祓う旧参道でお参りしましょう」

「はい！」

雅たちは、天高くそびえ立つ大鳥居を横目に眺めながら、広い参道の手前に見える細い道に入った。

綱越神社は、小さな社だった。

本殿も一間社という規模だ。民家のような拝殿奥の長押《なげし》には「おんぱら社」と書かれた天然木一枚板の額が掛かっていて、ほのぼのとしてしまう。

しかし大神神社の大きな神事が執り行われる際には、神主以下の奉仕員は必ずこの神社で祓いを受けて初めて大神神社で神事を執り行うことができるという、非常に重要な位置を占めている神社だと案内にあった。千鶴子の言うとおりだ。

雅たちは参拝を終えると、境内奥の夫婦《めおと》岩などを見学して、再び旧参道に戻って進む。やがて一の鳥居をくぐると、大神教本院が見えた。

「見学して行きましょう」

千鶴子が言い、雅も後に続いて入ると、境内奥に奇妙な形状の鳥居が立っていた。

これが、三柱《みはしら》鳥居。

三基の鳥居が三角柱を模《かたど》るような形で組み合わされて、真上から見れば正三角形となっている。この形式が何を意味しているのか、真相は未だ不明のままという噂の鳥居。

文献で目にしたことはあったが、実物を見るのは初めてだった雅は、興味津々にぐるりと眺めて由緒板を読む。

三柱鳥居　　通称　ムスビ鳥居
　　　　　　　　　ヒフミ鳥居
宇宙の元霊神《モトツミタマノカミ》の三つの神理に参入する特殊な鳥居であります。わが国の神典、古

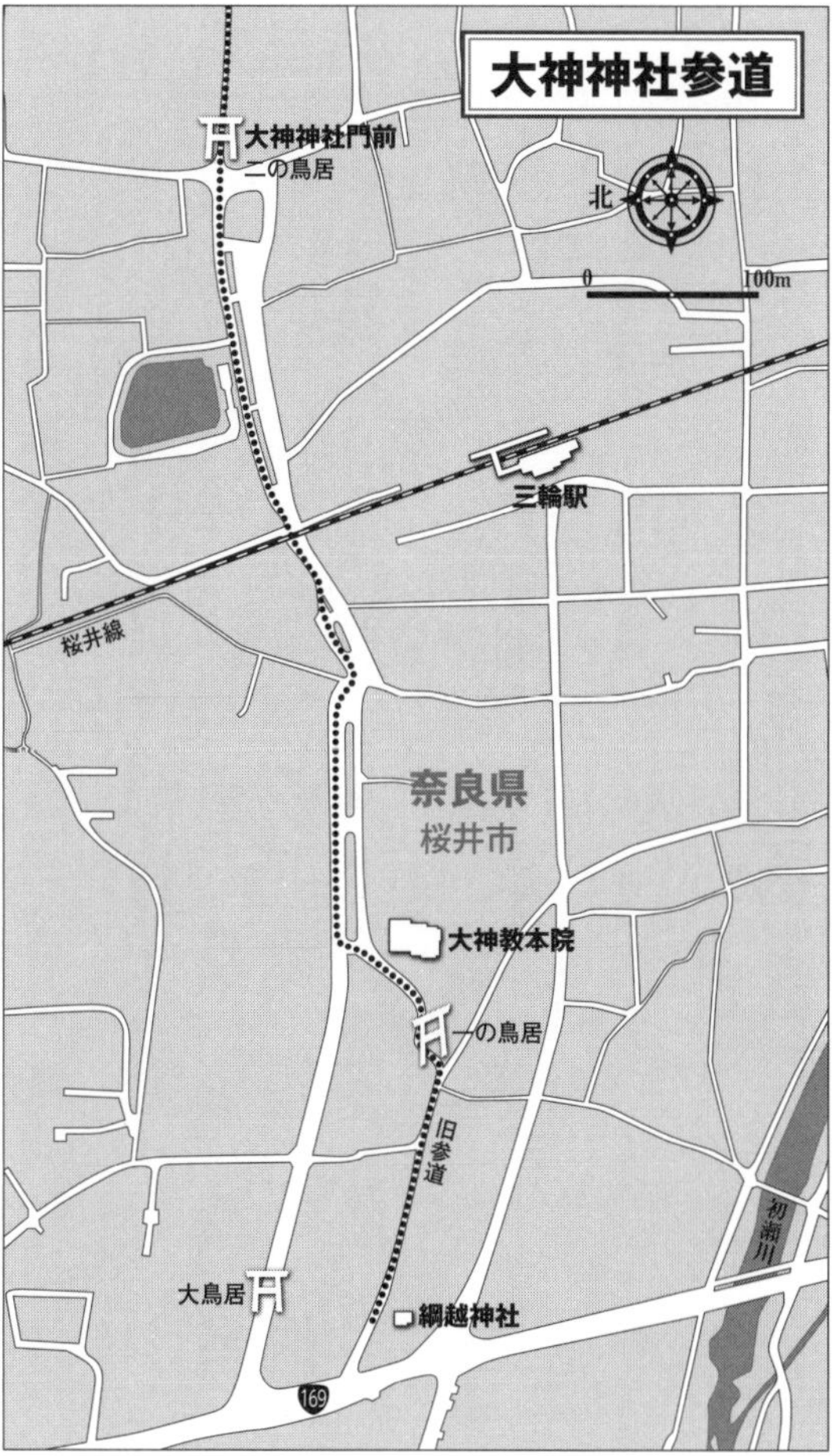
大神神社参道
大神神社門前
二の鳥居
北
0
100m
三輪駅
桜井線
奈良県
桜井市
大神教本院
一の鳥居
旧参道
初瀬川
大鳥居
綱越神社
169

事記の冒頭に天地《あめつちの》初發《はじめ》の時、高天原《たかまがはら》に成り坐《ま》せる神の御名は——云々。

と続いていた。

眉根を寄せながら最後まで読んだ雅の後ろで、千鶴子が言った。

「全国にも何ヵ所か同じ形式の鳥居が立っている。そういえば、東京にもあるわね」

「東京に？」

「墨田《すみだ》区向島《むこうじま》。浅草の近くね。三囲《みめぐり》神社」

「あの神社ですか！」雅は目を丸くした。「三越《みつこし》、いえ、三井《みつい》家の守護社といわれている……」

「だから境内には、三越のシンボルとなっているライオン像が奉納されている」千鶴子は笑った。「ただし祭神はここと違って、宇迦之御魂《うかのみたま》命だけど」

「それは知りませんでした」

「この三柱鳥居の原形は」千鶴子は鳥居を眺める。「京都・太秦《うずまさ》の、木嶋坐天照《このしまにますあまてる》御魂《みたま》神社といわれている。別名を『蚕《かいこ》の社』」

「蚕の社？」

「こちらも『延喜式』内社で『日本三代実録』や『梁塵秘抄《りょうじんひしょう》』にも名前が出てる。天《あめ》之《の》御中主《みなかぬし》命たちを祀っているけど、織物の神様として有名ね。『蠶神社』という、古い石の社号標が立ってるように。でも、考えれば『天・天』『日』『虫』で、蚕というのも凄いわ」

もしかして——と雅は尋ねる。

「織物の神様だから、秦氏《はたうじ》関係の社なんですか……」

「そういう意見もある」千鶴子も、ゆっくりと三柱鳥居の周囲を回る。「あるいは、それぞれの柱の方角が、秦氏関係の場所を指し示しているんだとか」

「えっ」

「でも、それなら三囲神社も同じ方角を指していなくてはならないけど、実際は違う」

千鶴子は苦笑する。「あるいは、この鳥居を二つ重ねるとダビデの星になるから、ユダヤ教に関係しているとか」

「わざわざ『二つ重ねる』という理由が分かりません……」

「また、それぞれの方角が夏至・冬至を指しているとか」

「それだと、方角が一つ余ります……」

そうよね、と千鶴子は雅を見て楽しそうに笑った。

「みんな、いろいろな説を考えてる」

「じゃあ……千鶴子さんはどう考えますか？」

「私は、自分なりに気づいたことがある」

「えっ」

身を乗り出す雅に、千鶴子は静かに言った。

「この件に関して話し出すと、とっても長くなってしまうし、そもそも今回の大神神社の話から逸れてしまうから、次の機会にしましょう」

「はい……」

肩を落とす雅を見て、千鶴子は優しく微笑んだ。

「ちょっとだけ話しておくと、これは『三つ巴』と関係しているんじゃないかと思っているの」

「三つ巴？」

「今あなたが言ったように、上から見て同じ形を二つ重ねるまでもないし、わざわざ方角を調べるまでもない。『三つ巴』で充分だと思わない？」

そう言われれば、確かにそうだ。

でも「三つ巴」……？

首を捻って不審顔の雅に、

「さあ、行きましょう」

千鶴子が声をかけて、二人は大神教本院を出た。

広い三輪参道に合流すると大きな駐車場が見え、すでに何台もの車が停まっていた。その参道を道なりに歩いて行くと踏切があり、線路の手前には小さな商店が並んでいた。この商店街を入って行くと、先ほどの三輪駅に到達するらしい。

雅たちは踏切を越えて進む。

やがて、鬱蒼とした緑に覆われた、古色蒼然たる木造の鳥居が見えた。神社境内入り口に立つ二の鳥居だ。鳥居左手前の大きな社号標には「大神神社」と刻まれている。そして鳥居脇の、普通ならば由緒書きが記されている看板には、ただ一言「幽玄」とだけ白字で書かれ、鳥居の奥にはその言葉どおり昼なお暗い深遠な参道が続いていた。

雅たちは軽く一礼して鳥居をくぐると、緩やかにカーブしているつま先上がりの参道を、玉砂利を踏んで歩く。

しばらく行くと橋が見えた。「御手洗橋《みたらいばし》」だ。

この「橋（川）を渡る」という行動も、怨霊を祀る神社では多く見られる。最も顕著な例が太宰府天満宮だ。ほぼ直角に参道を曲がった後、三つもの橋を渡る。熊野本宮《くまのほんぐう》大社も——今でこそ地続きになってはいるが——その昔は、音無《おとなし》川の中州に建てられていた。ということは、参拝するためには、必ず川を渡らなくてはならない。

これは、禊《みそ》ぎをするという意味と同時に、彼岸《ひがん》と此岸《しがん》の思想で、あなたたちと私たちは地続きではありませんという冷徹な意味も持っているんだ、と水野から習った。

ここにも「祓戸社」が建っていた。祭神はもちろん、四柱の祓戸大神たち。旧参道からやってくると、二度も「祓え」を行うことになる。

夫婦岩を過ぎた石段下の手水舎で、二人は手を洗い、口をすすぐ。文字どおり「蛇口」――酒樽を抱いている蛇の彫像の口から流れ出る水は、ひんやり冷たかった。

そのまま石段を上って、太い注連柱《しめばしら》に渡された大きな注連縄をくぐると、正面に見える立派な拝殿を横目に、境内右手に立つ大きな杉の木に向かう。

「巳の神杉」だ。

周りをぐるりと瑞垣《みずがき》に囲まれ、樹齢五百年という立派な杉の古木だった。前面には献物用の棚が設けられて、次々と参拝者が訪れては卵や酒を供えていた。

そばに立っている由緒書きには、大物主神が蛇神に姿を変えられたこと、また、この杉の洞から「白い巳《み》さん」と呼ばれた蛇が出入りしたことなどが書かれていた。

そのとき、

「おおっ」

「蛇が！」

というどよめきが起こった。

まさか、と思って駆け寄る雅の目に、白い紐のようなものが一瞬映ったが、あっという間に消えてしまった。

〝まさか……〟

雅は雷に打たれたように、その場に立ち竦む。

「どうだった」千鶴子が尋ねてくる。「見たの？」

「は、はい」雅は答える。「尻尾だけ、チラリと――」

「凄い！」千鶴子は興奮した声で雅の肩を叩いた。「私は見られなかったけど、あなた凄い。ただの変人じゃないわ。何かを持ってる」

「あ、ありがとうございます」

良かったわね、来た甲斐があったわね、と千鶴子は言いながら、日本酒と卵をお供えし、二人並んで一礼すると拝殿に向かった。

手元のパンフレットによれば、この立派な拝殿は、寛文《かんぶん》四年（一六六四）、徳川四代将軍・家綱《いえつな》によって再建されたとあった。檜皮葺切妻造《ひわだぶききりつまづくり》、平入《ひらい》りの主棟の前面には、千鳥唐破風《ちどりからはふ》の美しい向拝《こうはい》が載っている。桁行《けたゆき》十二間《けん》というから、二十メートル以上の立派で勇壮な拝殿だ。

前面に立って覗き込むと拝殿の奥の奥、遥か遠くに三ツ鳥居がチラリと見えた。二人並んで拝礼し終わると、

「せっかくだから」千鶴子が言った。「もっと間近で、三輪鳥居を観て行きましょう」

「そんなことができるんですか？」

「参集殿で申し込めば、じかに拝観することができるのよ。神職さんも、解説してくれるし」

えっ、と雅は目を輝かせる。

「ぜひ！」

二人はその足で参集殿に行き、すぐに拝観を申し込んだ。

すると、何名か揃ったら神職が案内するので、少し待っていてくださいと言われた。

あの「三輪鳥居」を間近に見ることができるのだから、多少の待ち時間など何でもない。

雅は期待に胸を弾ませながら、休憩所の椅子に腰を下ろす。

すると、隣に座った千鶴子が尋ねてきた。

「そういえば……あなたは、三輪山に登拝《とうはい》したことある？」

「え？　登るって、三輪山は禁足地《きんそくち》じゃないんですか」

「もちろん、当初はそうだったみたいだけれど、今は申し込めば頂上まで登れるの。お祓いと襷《たすき》は必須だけど」

千鶴子は微笑んだ。

大神神社の御神体である三輪山の頂上に行かれる？

「千鶴子さんは」雅は尋ね返す。「登られたんですか」

ええ、と千鶴子は笑う。

「でも、予想以上にきつかったわ。標高が五百メートルもないといっても、上り下りで約四キロの急勾配の山道で、二、三時間かかるし」

「そんなに？」

「しかも、神体山だから、山に入っている間の飲食は禁止で、口にして良いのはお水だけ。もちろん、休憩所もトイレもない」

「それは――」

確かにきつい。

「三島由紀夫の『豊饒《ほうじょう》の海』は読んだことあるでしょう」

「遥か昔に読みましたけど詳しい内容は、もう……」

そう、と千鶴子は続けた。

「第二巻の『奔馬《ほんば》』で、主人公の一人・本多繁邦《ほんだしげくに》が三輪山を登拝して、戻り道の途中『三光《さんこう》の滝』で、予言どおりに転生した主人公・松枝清顕《まつがえきよあき》の姿を目にするという、とても重要なシーンの舞台として三輪山が使われた。だから三島自身も、実際に登拝したらしいの」

「三島由紀夫も……」

でも、と千鶴子は小首を傾げた。

「私も実際に登拝したら、一ヵ所だけ小説とは全く違う景色があったの。そこで私はいろいろな人に、本当に三島が登拝したのかどうかを尋ねた。あの三島が勘違いして書き残すわけもないし、といって実際に登っていたら間違う余地もないことだから。となると、当時は現在とは違う登拝道だったんじゃないかと思って、出版社にも訊いてみた。絶対に誰かしら三島に同行していたはずだから」

「出版社にまで！」雅は目をパチクリさせた。「それで、どうでした？」

「結局、当時の関係者は全員亡くなってしまっていて、本当のことは分からないまま」

千鶴子は雅を見た。「どう？　登拝にチャレンジしてみる？　どこが小説と違っているかも、教えてあげる」

「……この格好で大丈夫でしょうか」

自分の服装に視線を落としながら不安そうに尋ねる雅の姿を、上から下まで眺めて、

「問題ないわ。ハイヒールじゃないし」

実に興味津々ではある。

しかし、先ほどの千鶴子の話では、かなりの難行程のようだし、体力や脚力には余り自信がない――。

雅が悩んでいると、若い神職に名前を呼ばれた。

軽く手を挙げて立ち上がると、千鶴子は言う。

「どちらにしても、この後で狭井神社に行くつもりだから、そのときに決めれば良いわ。

登拝口は、狭井神社にあるの」

「はい……」

雅は頷き、二人は他の参拝者たちと共に拝殿に昇った。

神職はずいずいと進み、雅が予想していた以上に拝殿の奥へと通された。あと数歩進めば、三ツ鳥居に触れることができそうなほどの距離だ。

拝観者はそこで、神職の解説を聞く――。

こちらの三ツ鳥居――三輪鳥居は、中央に高さ三・六メートルという大きな明神鳥居が立ち、その左右には一回り小さな明神鳥居が、それぞれの柱を共有して合体している。その形式に関してはさまざまな謂われがあるが、いつ頃どうしてできあがったのかは「一社の神秘」として不明。いわゆる、大神神社の「深秘《じんぴ》」である。

中央の大きな鳥居の、横に渡された貫《ぬき》の下には帳《とばり》が掛かった「扉」があり、その前面には御簾《みす》が下がっている。一方、両脇の小さい鳥居の貫の下には瑞垣が設けられ、それが左右に十六間――三十メートル弱延びている。

瑞垣には、御祭神ゆかりの兎《うさぎ》などの小動物、花、鳥、等々、素晴らしい木彫りの欄間《らんま》が嵌め込まれ、三ツ鳥居・瑞垣共に、わが国の重要文化財となっている。

このありがたい鳥居を通して、神体山である三輪山を我々は拝しているのである――。

その話を聞きながら雅は、ここに来るまでは全く想像もしていなかったことを考えていた。

もしかして、この鳥居は……。

その時、一通り説明が終わった神職が、

「何か、ご質問はありますか？」

と全員を見回したので、雅は一瞬躊躇《ためら》ったが、緊張しながらも「はい……」と手を挙げた。

「どうぞ」と促され、全員の視線を一身に受けて口を開く。

「あの……鳥居の正面の御簾が下がっている門が開くことは、絶対にないんでしょうか？」

すると、

「いいえ」と神職は優しく微笑んで答える。「年に一度だけ開きます」

「年に一度？」

「元旦の午前一時から執り行われる『繞道祭《にょうどうさい》』――この神社で最も重要とされる、天下太平・五穀豊穣を祈願する『ご神火まつり』のときです。深夜に神体山奥で鑽《き》り出されたご神火が、この三ツ鳥居をくぐって我々のもとに届けられる、そのときだけ開けられます」

「そう……ですか」

不審そうな雅に向かって「何か？」と問いかける神職に、

「い、いえ！」あわててお礼を述べる。「ありがとうございました」

後はどなたか？　と尋ねる神職の声に誰も反応しないことを確かめると、

「では――」

と全員を見て、見学され終わった方から順番に拝殿をお降りくださいと告げた。もちろん写真撮影は許可されていないので、誰もが自分の目に焼きつけんばかりに鳥居や瑞垣を見つめた。

拝殿から降りると、

「神職さんの回答に満足していなかったでしょう」

問いかける千鶴子に、

「はい……」雅は正直に答える。「ちょっと思いついたことがあるので、後で話を聞いていただけますか？」

「もちろん」千鶴子は雅を見た。「面白そうだし」

「えっ。まだ私、何もお話しして――」

「直感よ」千鶴子は笑う。「でも今は、狭井神社に向かいましょう」

「はいっ」

雅もその後に続いた。

平成の大造営で竣工したという、新しく立派な祈禱殿や儀式殿を右手に眺めながら、二人は「久《く》すり道」と刻まれた石の道標が立つ登り坂を歩く。

途中で「狭井神社　久延彦《くえひこ》神社」と矢印のある案内板を過ぎたとき、

「あの……」少し不安に駆られた雅が尋ねた。「先ほどの三輪山登拝について、もう少し詳しく教えていただきたいんです。登拝途中でご迷惑をおかけしても、申し訳ないですから」

「良いわよ」千鶴子は歩きながら応える。「この登拝は、さっき言ったように意外ときつい。登拝口を入るといきなり急な山道で、急坂も多いし、浮石や落石に注意しなくてはならない場所が何ヵ所もある。今日は大丈夫だけど、雨上がりなどはひどいぬかるみになるし、途中に架かっている橋も丸太橋だから、とても滑りやすい」

「丸太橋！」

「しかも、その橋を渡った先は一層急な山道で、登りと下りの参拝者がすれ違うためには、どちらかが道を譲らなくてはならないというような状況」

「え……」

「三島も、その描写はリアルに書いてあるわ。とても好きな部分だから暗唱してる」と言ってから千鶴子は悪戯っぽく笑った。「実を言うと、昨日の夜も読み返してきたの」

そして、言葉どおり暗唱した。

「『岩や松の根をたよりに道のない裸の崖《がけ》を攀《よ》じ、少し平坦な径《みち》がつづくかと思えば、又さらに、午後の日にあかあかと照らし出された崖が現われた』

『こうした苦行の酩酊のうちにやがて近づく神秘が用意されているのを感じた。それこそは法則なのだ』——と。

でも、そのおかげで本多は息も絶え絶えになってしまう」

ますます弱気になった雅に、千鶴子は言った。

「でも、頂上を極めて、高宮《こうのみや》神社と奥津磐座《おきついわくら》を拝むことのできた人間は『神秘に搏《う》たれて、雷《らい》に打たれたような心地に』なるという宮司の言葉どおり、本多も『本当に久々に『われにもあらず幸福になった』——と」

これは……かなり厳しそうだ。

すっかり腰が引けてしまった雅を見て、微笑みながら千鶴子は言った。

「とにかく、登拝口まで行ってから決めれば良いわ。私はいつでも来られるから」

「ありがとうございます……」

二人は並んで「狭井神社」と刻まれた社号標のある石鳥居をくぐった。本殿は、もう少し先だ。

やがて、時代劇に登場しそうな茶店があり、その向こうには周囲の緑を水面に映す静謐な池が見えた。池の縁には朱塗りの鳥居が立ち、汀《みぎわ》には前面に注連縄が掛けられた一間社の小さな社が建っていた。近づいてみると予想どおり、水の神で弁才天《べんざいてん》とも同体とされる市杵嶋《いちきしま》姫命が祀られている「市杵嶋姫神社」と由緒が立っていた。

軽く手を合わせて過ぎようとして、何気なく池の手前の立て札に目をやると、

「鎮女《しずめ》池」

と書かれていた。

雅は目を瞬かせる。

〝しずめ池って〟

ひょっとして、沈め池？　それとも「沈女池」？

急いで手元のパンフレットを開いたが、この池の名称の由来は不詳、とあった。

ゾクリとしながら池を離れた雅の少し先で、千鶴子が地面に置かれた石碑をじっと眺めている。

「何かありましたか？」

尋ねながら近づく雅を、千鶴子は真剣な眼差しで振り返った。

「さっき話していた、三島由紀夫」

「えっ」

「こんな場所に、彼の石碑とその由来があった」

雅が急いで覗き込むと、それほど大きくはない自然石が置かれ、その前面には三島の揮毫《きごう》で、

「清明」

と白く刻まれていた。女性っぽい印象を受ける筆跡だ。

その隣の由来には、三島が『奔馬』執筆の三年ほど前、古神道研究のために、摂社の率川神社にやってきたこと、さらに再来して参籠した後に三輪山登拝し、お山を下りた際にこの「清明」という文字を色紙に残したことなどが記され、最後に三島からの「感懐」として御礼文が書き記されていた。

「新しく造られたもののようだけど……」千鶴子は言った。「とにかく三島が、きちんと三輪山登拝していたことは間違いないようね。ということは、やはり登拝道が変更になった可能性が高い。狭井神社で訊いてみましょう」

「はい」

雅たちが鎮女池を背にして進むと、注連縄の渡された注連柱があり、十段ほどの石段の向こうに、檜皮葺屋根が見えた。狭井神社の拝殿だ。パンフレットには、
狭井神社

祭神　大神荒魂《おおみわのあらみたま》神

大物主神

媛蹈韛五十鈴《ひめたたらいすず》姫命

勢夜多多良《せやたたら》姫命

事代主神

本社の荒魂をおまつりする。延喜式神名帳に、狭井坐《さいにます》大神荒魂神社（五座）と記される。古くより花鎮社《はなしずめのやしろ》（華鎮《けちん》社）・しづめの宮と称され、病気を鎮める神としての信仰が厚い。

とあった。

三番目に名前のある「媛蹈韛五十鈴姫命」は、初代天皇・神武の皇后。その母神が「勢夜多多良姫命」。「玉依《たまより》姫」「玉櫛姫」とも呼ばれている。前回の京都でも話に出たが、大物主神が「丹塗矢《にぬりや》」に化して彼女と結婚し、生まれた子供が、媛蹈韛五十鈴姫命。

つまり大物主神は、系図上では神武天皇の義父神となる。

また、姫神たちの名前に共通している「タタラ」。これは言うまでもなく「踏鞴《たたら》」——産鉄民の象徴で、この場合は特に「出雲」を示している。

そして「事代主」は、言うまでもなく大国主命の子。『古事記』によれば「国譲り」

の際に「天《あま》の逆手《さかて》を青柴垣《あおふしがき》に打ち成して隠《かく》」れてしまわれた。つまり、朝廷を呪って入水した神だ――。

続いてパンフレットには、

狭井・大神両社で行われる「鎮花祭」は「大宝律令」(七〇一)に、国家の大祭として毎年必ず行うように定められ、『令義解《りょうのぎげ》』にも、

「謂ふ。大神、狭井の二祭なり。春花飛散する時に在りて、疫神《やくじん》分散して癘《れい》を行ふ。その鎮遏《ちんあつ》のために、必ずこの祭あり。ゆえに鎮花といふなり」

とあり、わが国最初の和方薬集成書の『大同類聚方《だいどうるいじゅうほう》』にも、神伝の薬として花鎮《はなしずめ》薬・大神《おおみわ》薬・三諸《みもろ》薬という三種の薬方があり、当時より医薬神としての信仰が窺い知れる。

と書かれていた。

そうすると、先ほどの「鎮女池」は、この「花鎮め」からきている名称だったのか。

でも……わざわざ「女」という文字を宛てている点が引っかかる。

しかしそれよりも「鎮花祭」。

以前にどこかで目にしなかったたか。

雅は必死に思い出す――。

〃そうだ！〃

京都・出雲大神宮。

日にちも同じ、四月十八日。

神宮の舞殿形式の拝殿で、巫女が「浦安《うらやす》の舞」を奉納すると書いてあった。

出雲大神宮の祭神は、大国主命。

こちらの祭神は、大物主神。

両神共に、出雲神――。

雅は心の中で軽く興奮しながらも、

「あの」と千鶴子に尋ねた。「狭井――サイ、というからには、当然『塞《さい》』ということですよね。そうなると『塞の神』である猿田彦《さるたひこ》神が祀られていると思っていたんです」

実際に本社から（川こそ渡らなかったけれど）こんなに何度も折れ曲がった参道を歩いてきた。この場所に祀られているのは、間違いなく大怨霊。猿田彦神ならば、ぴったりだ。

「でも『大神荒魂神』……？」

「それが、猿田彦神のことだと思う」千鶴子は中指で軽く額を叩きながら答える。「本社の主祭神の大物主神が並んで祀られているから、少なくとも彼ではない」

「確かに……」

パンフレットにあるように「本社の荒魂」、つまり大物主神の荒魂を祀っているのなら、改めて大物主神を祭神の列に加える理由がない。

「あと――」と雅は尋ねる。「この場合の『狭井』は、文字どおりの意味で良いんでしょうか？」

というのも、前回の京都でまわった社では「塞」が「幸《さい》」という文字に変えられていたからだ。

ただし。

この場合の「幸」は、単なる「幸せ」という意味ではないと、そのときに千鶴子は説明した。『字統』によれば「幸」は「手械《てかせ》の象」であり、さらに、

〝もともと「幸」には、漁猟による獲物という意味があった。「山の幸、海の幸」というように。つまり、それら――山海の獲物や、敵の罪人を捕らえることこそが「幸」だった〟

――と。

しかし今回は、

「そのままで良いと思う」と答える。「『狭』には『せまい獣道《けものみち》』という意味があるし、『井』は、京都でも話したように『首や足に加える枷《かせ》の形、人や獣を陥れる陥阱《かんせい》の形』

という意味を持っているけれど、ここには実際に井――御神水が湧き出しているから」

「御神水ですか」

そう、と千鶴子は頷いた。

「参拝したら、そのお水で喉を潤しましょう。拝殿のすぐ横に、お水をいただける場所があるの」

二人揃って参拝後、雅が千鶴子の後について拝殿脇に進むと、すでに大勢の人々が、御神水を求めて列をなしていた。四本柱で支えられた方形の屋根の軒先には「霊泉」という額が掛かっている。中央には、ぐるりと注連縄で背中を巻かれた大きな亀のような岩が置かれ、周囲の数ヵ所から水が滴り落ちていた。その「霊泉」をペットボトルに詰めている人々に混じって、雅たちも一口いただいた。

拝殿前に戻り、三輪山登拝口前に移動すると、雅は『神体山』登拝者へお願い」と記された但し書きに目を通す。

そこには、「厳守事項」として、襷を受け取ること、火気厳禁、撮影禁止、お供え物持ち帰り、飲食禁止、草木土石の採取禁止。それに加えて、休憩所・トイレなし――。

それらを読んだ雅が、ますます逡巡していると、

「変ね……」拝殿を眺めていた千鶴子が呟いて、コンパス――方位磁石を取り出した。

「ちょっと、引っかかる」

「どうしたんですか？」

と尋ねる雅に、千鶴子は答えた。

「この本殿は、西を向いてる」

「でも」雅は怪訝な顔で言った。「西を向いている本殿なら、いくらでもありますよ」

「そういう意味じゃない」千鶴子は言う。「そうすると、東を向いているこの拝殿に参拝する私たちは、神体山・三輪山の頂上を拝めなくなってしまう……。授与所で訊いてみましょう」

千鶴子は足早に授与所に向かい、その場にいた巫女に今の質問を投げかけた。すると巫女は、困ったように神職を呼ぶ。

やがて授与所の奥から姿を現した神職にも、千鶴子は同じ質問をした。

すると神職は笑いながら、

「確かにお山の頂上は、少し北東寄りになりますが」と答える。「本社と違って、こちらの社には本殿がありますので、当然我々はそちらを拝む形になります」

「でも大神神社としての主祭神は、神体山の三輪山ですよね。実際にここでは、大神荒魂をお祀りしているし、その荒魂は何かといえば、本社＝三輪山の神でしょう」

「しかし結局、狭井神社では本殿にいらっしゃる『荒魂』を奉斎しているわけで、拝殿がお山の山頂を向いていなくても、何の問題もありません」

神職がはっきりと言い切ったとき、

「そういえば……」巫女が、おずおずと口を開いた。「以前に私、宮司さんから、本社も狭井神社も、拝殿は同じ向きなんだというお話を聞いたことが……」

「つまりそれは」千鶴子が、巫女に向かって身を乗り出した。「あちらの拝殿も、東向きということですか？」

「はい……。いえ、実際に方角を測ったことはありませんけど」

「それは、おかしいですよ」千鶴子は腕を組む。「こちらの社に関しては、今の神職さんの説明で納得できます。でも、あちらは完全に三輪山を拝んでいるはず。先ほど案内していただいた神職さんも、そうおっしゃっていました。我々は三ツ鳥居を通して、三輪山を拝んでいるんだと」

「……私の勘違いだったんでしょうか」

巫女が、困った顔で助けを求めるように神職を見ると、

「実は私も」神職も少し苦い顔で言った。「そんな話を聞いたことはあります。しかし、こちらの神社には本殿がありますし、あちらの三ツ鳥居の向こうはお山であることに変わりはないですからね……。申し訳ありませんが、これ以上の詳しい話は、本社でお尋ねになっていただけますか」

「そうですね」千鶴子は、あっさりと頷いた。「そうします。ありがとうございました」

と礼を述べてから、

「ああ。最後にもう一つだけ」

とつけ加えた。

三輪山を描いた三島由紀夫の『奔馬』で、実際の景色と全く違った描写になっている点が一ヵ所ある。三島が本当に登拝していたのならば、当時と今とで登拝道が変わっているのか——？

「それは気がつきませんでしたが」神職は苦笑した。「でも、そんなこともあったかもしれません。何しろ、昔とはお山の形も少し変化しているらしいですからね」

「形自体がですか？」

ええ、と神職は頷く。

「遥か昔には、頂上に大きな池のようなものがあったと聞きました。もちろん、現存していませんが」

「池ですか！」千鶴子は驚く。「それは、とても興味深い……。お時間をいただき、本当にありがとうございました」

「どういたしまして。ようこそお参りに」

微笑む神職と巫女に背中を向けると、千鶴子は足早に歩き出し、雅も二人にペコリとお辞儀をして、急いでその後を追う。

さっきやってきたばかりの道を、今度はひたすら下る。千鶴子は何か考え事に耽っているようで、一言も口をきかずに歩いていた。三輪山登拝どころではなくなってしまったらしい。雅は心の中で少しホッとしながら、後に続いた。


本社拝殿前に戻ってくると、千鶴子は早速コンパスを取り出し、息を整えるように軽く深呼吸しながら、磁針が落ち着くのを待った。やがて、

「本当だわ……」千鶴子は嘆息する。「拝殿奥の三ツ鳥居は、真東を向いている」

雅もコンパスを覗き込んで確認する。間違いなかった。拝殿の向きは東だ。つまり——。


三ツ鳥居の向こうには三輪山山頂がない。


「どういうことでしょう？」

「全く分からない……」

「建て替えたときに、方角を間違えてしまったとか？」

いいえ、と千鶴子は首を横に振った。

「確かにこの拝殿は、現在までに何度か建て替えられている。直近では寛文四年（一六六四）らしいわ。でも、その向きを間違えるなどということはあり得ないし、万が一、

間違ったところで、いくらでも修正が利く。おそらく、最初から意図的にこの向きで建てられたのね」

「何故！」

「訊いてみましょう」

千鶴子は硬い表情のまま応えて、二人は再び参集殿に上がった。

幸い参拝者もそれほど多くなかったので、すぐに神職と話をすることができた。千鶴子が——今日三回目となる——同じ質問を投げかけると、初老の神職は微笑んだ。

「以前にも、同じようなご質問をされた男性の方がいらっしゃいましたが」

「えっ」

「しかし、それは当然です。何故なら、三輪山は神体山ですからね。山頂を直接拝むのは、失礼に当たります」

「逆じゃないですか？」千鶴子は突っ込む。「それでは、お山から目を背けていることになる——」

「いいえ」神職は、強く首を横に振った。「たとえば、高貴な方のお顔を直接拝見するようなことは失礼に当たるといった風習を、我々は受け継いでいます。あるいは……そう、出雲大社をご存知でしょう」

「はい。もちろん」

「これは非常に有名な話ですが、あの御本殿にいらっしゃる大国主命は、拝殿から見ると横を向いて座られている。つまり我々は、大国主命の横顔しか拝することができない。もっとも今では瑞垣の外に、お顔を正面から拝むことができる場所が造られているようですがね。しかし当然、見ることはできません」

神職は言ったが、

〝それは違う〟

雅は心の中で異を唱えた。先日の出雲大社で発見したのだ。

というのも――。

〝私たちは、頭上の本殿に鎮座されている大国主命ではなく、拝殿から一直線、真正面一番奥に置かれた素鵞《そが》社にいらっしゃる素戔嗚尊《すさのお》を拝んでいるから！〟

しかし、口には出さずにいると、

「ありがとうございました」千鶴子が、唐突に会話を打ち切った。「また改めてお伺いすることもあるかもしれませんが、その節もよろしくお願いします」

丁寧に礼を述べると、雅と共に参集殿を出た。

まさか、今の説明で納得したわけではないだろうと雅が思っていると、やはり、

「もう一ヵ所、行きましょう」千鶴子は前を見たまま言った。「今の神職さんの、直接見るのは失礼という話で思い出した場所があるから、確認しに行くわ。神体山だから、

大神神社
三輪山山頂
北
狭井神社
拝殿
祈禱殿
大神神社門前
二の鳥居

わざとその頂上を拝まないなんて、おかしい」

はい、と雅も大きく同意する。

「富士山《ふじ》が神々しすぎるから、山頂を避けて、少し下の宝永山《ほうえいざん》を拝むみたいな――」

「まさにそういうことね」千鶴子は歩きながら雅を見て笑った。「山頂を拝まないで、一体どこを拝むの。実際に、北口本宮冨士浅間神社《きたぐちほんぐうふじせんげんじんじゃ》の拝殿は富士山頂を向いているし、富士山本宮浅間大社の奥宮は、富士山頂に鎮座している」

確かに、と雅は頷いたが、

「でも……」ふと、変な疑問が湧いた。「神職さんが最初に言っていた、以前にも同じような質問をした男性って、どんな方なんでしょう。そっちも興味があります。まさか、水野先生じゃないでしょうし」

「あるいは……小余綾《こゆるぎ》先生のような人かしら」と言ってから、千鶴子は首を振った。「でも、今はそんなことは後回し。私たちは私たち」

「はいっ。でも、これからどこへ？」

「境内末社の久延彦神社」

「あの、久延毘古《くえびこ》ですか！」

「そう。案山子《かかし》。案山子に関しては、京都でも少しお話ししたわよね」

はい！　と雅は力強く頷いた。

出雲を調べている以上、決して避けては通れないテーマの一つ。

何故ならば案山子は、素戔嗚尊を奉祭する産鉄民の象徴だからだ。

案山子に関しては『古事記』にこう載っている。

「謂《い》はゆるくえびこは、今に山田のそほどといふ」

「この神は足は行かねども、尽《ことごと》く天下《あめのした》の事を知れる神なり」

この「そほど」は案山子の古語だから「くえびこ――久延毘古」つまり案山子は知らないものはないのだと。そして、久延彦神社では、この久延毘古命を「智恵の神様」として祀り、大勢の参拝者が訪れる、と千鶴子は言っていた。

〝案山子は単に、田んぼの中に一本足で立っているだけじゃない〟とも。そして、吉野《よしの》裕子《ひろこ》によれば、

「大蛇の異名に『山カガシ』があることを思い合わせれば、山から来て田を守る神、『カカシ』の本質もやはり蛇として受け取られるのである」

「民俗の中にみられる『カカシ』に共通するものは、蓑笠を着せ、手に箒・熊手をもたせ、また『カカシ』を山の神として祀っている点である。蓑・笠・箒は、私のみるところではいずれも蛇を象徴するものである」

もちろん蓑笠姿は、

「青草《あおくさ》を結束《ゆ》ひて、笠蓑として」

身にまとった姿で追放された素戔嗚尊のことだ。

そして、この案山子に関しては以前に奥出雲の報告をした際、御子神も解説してくれた。案山子の古名の「山田のそほど」の「そほど」の「そほ」は「赭《そほ》」――「丹《に》」で「辰砂《しんしゃ》」。つまり水銀の原料だと。

雅がそれを伝えると、

「本当にそのとおり」千鶴子は笑った。「さあ、到着したわ」


狭い境内に建つ、小さな社だった。

しかし、参拝者が次々に訪れては（神社というよりは、むしろ寺院を思わせる）拝殿の中で手を合わせて行く。拝殿隅には、可愛らしいフクロウの置物があり「知恵ふくろう」と名前がついている。時期になれば「入試合格祈願」も受け付けるとあった。

参拝を終えると、雅は千鶴子に導かれるようにして、境内脇の「願掛け絵馬」が無数に掛かっているスペースを縫って、拝殿の横奥に進んだ。

「あったわ。ここよ」

千鶴子は一枚の立て看板を指差して、雅を振り返る。そこには、こう書かれていた。

「神山遥拝所」

〝えっ〟

驚いた雅が近づくと、二本の樹木の間には細い注連縄が渡され、白い紙垂《しで》が下がって風に揺れている。周囲の木々の間には小さな空間があり、その中を覗き込めば――。

遥か遠くに青々とした三輪山山頂が見えた。

「き、ちゃんと拝めるじゃないですか！」

叫ぶ雅に、

「そうよね」千鶴子は静かに答える。「この場所からならば、山頂を自分の目で遥拝できる。そして――」

話しながらゆっくりと歩き出した。

「もしも三輪山が、先ほどの神職の言うように神聖不可侵の山であるなら、わざわざこんな遥拝所を設けるはずもない。現実的に、その山頂や社を目にすることのできない遥拝所は、各地にいくらでもある」

「地方にある伊勢神宮遥拝所もそうですよね」雅は同意する。「方角だけを頼りに、そこから拝礼する」

「そういうこと。そもそも、日本全国に『禁足地』がたくさん存在している中で、この三輪山は登拝できるんだから」

と言ってから千鶴子は、

「そういえば」と雅を見て苦笑した。「その『禁足地』という名称も、曲者なのよ」

「と、おっしゃると？」

「『禁足』を『広辞苑』などで引くと『外出を禁ずること。また、その罰。足留め』などと載ってる。決して『足を踏み入れてはいけない』などとは書かれていない」

「それじゃ、逆じゃないですか！」

「政治の世界でも見ることができるわね。審議や会議の最中に『禁足』と書かれたプラカードが掲げられたら、誰一人部屋の外に出てはいけないという合図。入ってはいけないという意味なんかじゃない――」

「というと？」

でも、と千鶴子は笑った。

「この話は、今はここまでにしておきましょう。まさに三輪山に関連しているんだけど、長くなるから後でお話しするわ」

「はい……」

諦めて頷く雅に、千鶴子は続けた。

「登拝で思い出したけど、三島由紀夫に至っては、山頂に到達後、宮司の許可を得て煙草も吸ったらしい」

「火気厳禁って書いてありましたよ！」

「おかしいわよね。書かれていることや伝えられていることと、現実が全くマッチしていないなんて。ひょっとして、誰もがとんでもない勘違いを犯しているのかもしれない……」

千鶴子は軽く嘆息しながら、雅に言った。

「一旦、ここを出ましょう」

境内出口に向かう坂道を下りながら、雅は言う。

「でも、三輪山山頂に池があったという話には驚きました」

「そういう形状の山は、いくつかあるみたいだけど、三輪山がそうだったという話は初めて聞いた」千鶴子は首を傾げた。「三輪山の頂上には、大物主神の象徴とも見なされる奥津磐座《おきついわくら》と共に、高宮《こうのみや》神社という、変わった形状の瑞垣に囲まれた一間社の小さな社が建てられている。祭神は、日向御子《ひむかいのみこ》」

「日向……ですか」

「意味はそのままで『日に向かう』とか『日を迎える』神だといわれているわ。でもね」

千鶴子は悪戯っぽい眼差しで雅を見た。「その社殿も、西向きなのよ」

「えっ」

「だから、その造りでは『日を見送る』ことはできても『日を迎える』ことなんてできやしない」

じゃあどうして——と尋ねかかった雅は、先日の出雲のことを思い出した。出雲大社から延々と北西に行った、島根半島と日本海のギリギリの場所に建つ日御碕《ひのみさき》神社だ。社には「上《かみ》の宮」と「下《しも》の宮」があり、「上の宮」には素戔嗚尊が、「下の宮」には天照大神が祀られていた。

ところが「下の宮」の別名は「日《ひ》沈《しずみ》宮」。

太陽神である天照大神を祀っているというのに「日沈」とは！

地理的に出雲国の西の果てというのは事実だ。しかし、この「沈」は「沈める・埋める・隠す・隠れる」等々という意味を持っている。それをわざわざ、天照大神の坐す社の名称にするなんて——と、首を捻ってしまったことを思い出した。

それ以前に水野から、天照大神は大怨霊だと聞かされていた（ただし、その理由に関して雅はまだつきとめられていない……）。けれど最近、今のようなこともあって、天照大神の本当の姿は、どうやら世間一般に言われている神の姿とは違うのではないかと思い始めている——。

それで、と雅は尋ねた。

「結局、日向御子という神は何者なんでしょう？」

「さまざまな説がある」千鶴子は遠くを見た。「でも、あの場所から西を向いている『日向』の神なんだから、素直に考えれば九州『日向《ひゅうが》』に関係している神なんじゃないかな」

「宮崎県の日向ですか」

「黎明期の朝廷の神々が坐した土地。天孫降臨した瓊瓊杵尊《ににぎ》、山幸彦《やまさち》の火遠理命《ほおり》、神武天皇の父の鸕葺草葺不合命《うがやふきあえず》らの神々が統べていた土地――。だから私は、神武天皇じゃないかと思ってる。日向を遠く眺めながら、自分たちが滅ぼした大物主神である奥津磐座を見張っている」

「なるほど……」

まだ確たる証拠はないけれど、可能性としては高いかもしれない。実際に『記紀』には、神武天皇が東征して長髄彦《ながすね》と戦って惨敗した際に、日の神である自分が「日に向かって」戦ったからだと反省したというエピソードが載っている。「日向」と神武天皇は、確かに縁が深い――。

「さて」神社境内の外側をぐるりとまわり、再び二の鳥居前まで戻ったとき、千鶴子が言った。「こんなに理屈に合わない話ばかりじゃ、とても先に進めないわ。どうしようかな……」

千鶴子は辺りを見回した。

「ああ。あそこの喫茶店に入りましょうか。お茶でも飲んで休憩しながら、今までのことを整理して検討してみる」

「はい！」

今朝からずっと頭の中がこんがらがり続けている雅が、その提案にすぐさま同意して、二人は大神神社門前の喫茶店に入った。

《輪廻交差する里《さと》》

二人の前にコーヒーが運ばれてくると、それまでじっと考え事をしていた千鶴子が、「雅さん」カップを口に運びながら尋ねた。「さっき、本社の拝殿に昇ったとき、何か気がついたんでしょう。三ツ鳥居に関して？」

神職に（途中まで）尋ねた件だと思い、

「はい」雅もコーヒーを一口飲んでから答えた。「何か変だな、と思ったんです。でも、そのときは確信がなかったから口にしなかったんですけど、本社から狭井《さい》神社に向かう途中で、やっぱりそうなんじゃないかって」

「まさか、三島由紀夫？」

「いいえ」雅は首を横に振った。「市杵嶋《いちきしま》姫命です」

「鎮女《しずめ》池の」

「ええ」

「それが、どうして三ツ鳥居なの」

「あの鳥居は、参拝者が潜れないようになっている――つまり、人々は三輪《みわ》の神の近くまで行くことができない、と書かれた書物をどこかで読んだことがありました。それはそれで正しい説だと思ってます」

「大神《おおみわ》神社摂社の元伊勢・檜原《ひばら》神社も、同じ形状の三ツ鳥居を持っている」千鶴子は言う。「そして、こちらの鳥居の貫《ぬき》の下――通常であれば人々が潜ってお参りする空間には、三柱共に格子戸のようなものが嵌められていて、完全に通行止めになっているわ」

「私もこちらに来る前に、写真で見ました。そのときは、三ツ鳥居というのはそういった形式なんだろうと感じたんですけど、実際に目にして、ちょっと違うことを思いついたんです」

「それは？」

「以前に、安芸《あき》の宮島《みやじま》に行ったんです。市杵嶋姫命が祀られている嚴島《いつくしま》神社へ」

「現在では日本三景の一つに数えられるほど壮大で華麗な神社になっているけど、実はとても古い歴史を持っている。確か……推古《すいこ》天皇のころに創建されたんじゃなかったかしら」

　さすがに詳しい。

　雅は続ける。

「その嚴島神社というと、海に浮かぶ大鳥居や、左右に折れ曲がって続く回廊などの建造物が有名なんですけど、本質はそれらの背後に存在している弥山《みせん》という山でした」

「大神神社と違って『神体山』とまでは呼ばれていないようだけど、市杵嶋姫命を始めとする宗像《むなかた》三女神を祀っているお山ね。私も登ったことがある」

「そうなんですね！」

でも、と千鶴子は首を傾げた。

「それが、どうして今回の話に繋がるの？」

「実は――」雅は千鶴子を見た。「ほとんどの参拝者の方々は気づかないで過ぎてしまうようなんですけど、本殿の背後に門が一基あるんです。『開かずの門』あるいは『不明門《あかずの》』と呼ばれる幅五メートルほど、宮島内では珍しい瓦葺きの四脚門です」

「開かずの門……」千鶴子は眉根を寄せた。「それは私も知らなかったわ」

「目立たない場所に建てられていますから。でも、やはりその門の両サイドにも三ツ鳥居と同様に瑞垣が延びていて、決して開けてはならない門だって聞きました。ただ、その理由はさまざまで、確定してはいません」

そういえば――、と千鶴子は言った。

「尾張《おわり》国の熱田《あつた》神宮にも『清雪門《せいせつ》』という不開門《あかずの》があった……。天智《てんじ》天皇の御代に、新羅《しらぎ》の僧が草薙剣《くさなぎのつるぎ》を盗み出して、この門を潜って逃げた。だから神宮ではそれを忌み、二度とこの門を開けてはならぬという規律ができたといっていたわ。でも本当は、還ってきた草薙剣が、再び外に出ないように封じ込めるという意味合いが強かったみたい。でも……今回は、少し意味合いが違いそうね」

「微妙に違いますけど」雅は応える。「根本は、同じだと思います」

「というと？」

「誰も通さない、ということです」

「それは最初から分かっていることじゃない」

いいえ、と雅は首を横に振る。

「この場合の『誰も』というのは人ではなくて、どんな神様も、という意味です」

「神を……？」

「今、千鶴子さんがおっしゃった熱田神宮の『清雪門』は、草薙剣という神聖な神器を通さない。嚴島神社の『不明門』は、弥山にいらっしゃる怨霊神である市杵嶋姫命たちの通過——自分たちのもとへの降臨を許さない」

「神の移動を封じているというのね」千鶴子はコーヒーを一口飲んだ。「じゃあ、肝心の大神神社は？」

もちろん、と雅は真剣な顔で答えた。

「やはり怨霊神である大物主《おおものぬし》神が、三輪山から降りてこられるのを防いでいるんじゃないでしょうか」

「ああ。なるほど」

「だから、あの三ツ鳥居は山頂に向いている必要もなくて、山から降りてくる道を塞いでさえいれば良い」

「元旦の『繞道祭《にょうどうさい》』で、神職たちがお山からやってくるという道をね」

「そういうことです。つまりあの鳥居は、人がくぐる潜れない云々というよりも、大物主神の降臨を防ぐ目的で建てられているんです。嚴島神社の『不明門』のように」

「面白いわ。鳥居に関しては、そういうことなのかもしれない」

千鶴子は笑った。しかし、

「でも、拝殿の件は別ね」眉根を寄せる。「大物主神を防いでいる鳥居を誰もが必死に拝むというのは、ちょっとおかしい」

「確かにそうです」

大きく頷く雅の前に、

「となると——」

千鶴子は、バッグからこの近辺の地図を引っ張り出して広げると指し示す。

「大神神社はここだから……拝殿はこの辺り。そして拝殿の向きは、真東。地図で確認すると、三輪山山頂からは二百メートルほど南の方角に向いている」

「この東向きの延長線上には」雅も地図を覗き込んだ。「何も見当たりませんね……」

「かなり延ばしていけば、長谷寺《はせ》かな」

「長谷寺――」雅は顔を上げて尋ねる。「私、まだ参拝したことがないんですけど、長谷寺と大物主神とは、何か関係が？」

「聞いたことがない」千鶴子は首を横に振る。「長谷寺の本尊は十一面観世音菩薩だから、おそらく何も関係ないわ。でも――」

雅を見た。

「ここまで来たんだから、ちょっと足を延ばしてみない？　長谷寺駅は隣の桜井《さくらい》駅で乗り換えて二駅。十五分くらいで到着するわ。長谷寺にまつわる話をしていれば、あっという間」

長谷寺にまつわる話――。

千鶴子のことだ。間違いなく興味を惹かれる話題に違いない。

「では、ぜひ！」

雅は言って、二人は荷物をまとめると店を出た。

三輪駅に戻ると、運の良いことにちょうど電車が入ってきた。三十分に一本のダイヤだから、これを逃すと時間がもったいない。雅たちは荷物を抱えてダッシュで乗り込む。隣の終点・桜井駅までは三分。ここで近鉄に乗り換えて、長谷寺駅までは、急行でも準急でもほとんど同じ。六、七分だ。

しかし、桜井駅での繋ぎが悪かったので、電車を待ちながらホームのベンチに並んで腰を下ろし、長谷や長谷寺に関しての千鶴子の話を聞く。

「長谷寺に行ったことがないって言ってたけど」千鶴子が尋ねる。「関東にも、末寺《まつじ》があるでしょう。鎌倉の長谷寺」

「そちらは行きました」雅は答える。「坂東観音霊場の一つで、広大な敷地面積のお寺でした。弘法大師が参籠したという、地下迷路のような弁天窟もありました」

「大きな見晴台《みはらしだい》もあったでしょう」

ええ、と雅は頷く。

「由比《ゆい》ヶ浜を一望できる、とても気持ちの良い展望台でした」

「そう……ね」

なぜか意味ありげに応えると、千鶴子は続けた。

「その他にも、全国各地に末寺がある。一説では、三千ともいわれるほど」

「凄い数ですね！」

「今のように、そのまま『長谷寺』という名称だったり、『長谷寺《ちょうこくじ》』だったり、長谷寺の宗派である、真言宗・豊山《ぶざん》派、何々《なになに》寺とか。それこそ、東京にもあるわね。護国寺《ごこくじ》が」

「護国寺？　文京区音羽《おとわ》のですか」

「そうよ。あそこは現在、豊山派の大本山になっているけど、長谷寺の末寺であることに変わりはない」

「それは知りませんでした……」

「当時は、大和にある寺院で長谷寺だけが、他の地域に末寺を持つことができたというから、それほどまでに強大な力を持っていたのね」

「でも、どうしてそこまで強大な力を？」

「いくつもの理由がある。純粋に、大勢の人々の信仰の対象だったということもあるけれど、やはり観音＝鉄穴《かんな》、つまり、鉄や水銀を制していたことが大きかった」

「ああ……」

これも、水野の講義で聴いた。

「観音」は、そのまま「鉄穴」になる。だから、観音信仰の盛んな場所は、ほとんどが鉄——踏鞴《たたら》と結びつく。ちなみに「神無月《かんな》」も「鉄穴月」だったという。十月には、踏鞴操業に最適な風が吹くからだ、と。

「もっといろいろな理由があるわ」と言って千鶴子は続ける。「とにかく、長谷寺参拝は昔から非常に人気があった。最も有名なのは、平安時代。いわゆる王朝女人たちは、こぞって、競い合うようにして参拝してる。紫式部《むらさきしきぶ》は『源氏物語』の中に、長谷——初瀬《はせ》を幾度となく登場させているし、清少納言《せいしょうなごん》は『枕草子』に、自らの参籠の様子を書き残している。その他、『蜻蛉日記《かげろうにっき》』の藤原道綱母《ふじわらのみちつなのはは》や、『更級日記《さらしなにっき》』の菅原孝標女《すがわらのたかすえのむすめ》――などなど」

「でも、そのころは当然、京都から歩いて参拝してるわけですよね」

「もちろん」千鶴子は笑った。「今日、私たちが移動したのとほとんど同じルートで、京都――宇治――奈良――桜井、そして初瀬（長谷）へとね。およそ、三泊四日の旅程だったといわれてる」

歩き通しの大変な旅だ。

京都から奈良はもちろん、奈良から初瀬までも遠い。

いや。距離はまだ良いとしても、当時、都の外は物騒だったというから、夜どこかで泊まるにしても、今と同じような感覚ではない。おそらく、まんじりともできなかったのではないか。

「長谷寺詣で自体」千鶴子は言う。「ずっと昔から人気が高かった。先ほどの大神神社近くを通っている『山の辺《やまのべ》の道』を歩いている人々は、ほぼ全員が長谷寺詣でだと言われたほど」

「貴族たちだけではなく、一般の人たちにも人気だったんですね」

「『わらしべ長者』の舞台にもなっているし」

「昔話の？」

「そうよ。もとは『今昔物語《こんじゃく》』の『長谷《はっせ》に参りし男、観音の助けに依《よ》りて富を得たる語《こと》』や、『宇治拾遺物語《うじしゅうい》』の『長谷寺参籠の男、利生《りしょう》にあづかる事』という話からきてる」

と言って、千鶴子はストーリーを簡単に振り返る。

今は昔。長谷寺に参籠した貧乏な侍が、寺から出て行くときに一本の藁《わら》を拾う。しかし、手に触れたものは寺からの賜り物だという夢のお告げを得ていた彼は、それを手に歩く。やがてその先に、飛んでいた虻《あぶ》を結びつけ、それを見た子供が欲しがって蜜柑《みかん》と交換し、その蜜柑を、水を欲しがっていた女性に与えると、その女性はお礼に布をくれ、その布が馬になり田になり、やがて男は大長者になった……という、長谷観音の御利益をうたった話だ。

千鶴子が話し終わったとき、電車がホームに入ってきた。さっきは三両編成だったが、今度は六両だ。

シートに腰を下ろすと、千鶴子は続けた。

「でも、長谷に関してはもっと古くて『万葉集』では三十首以上も詠まれているのよ」

それは本当に古い、と雅が驚いていると、千鶴子が暗唱した。

「たとえば、柿本人麻呂《かきのもとのひとまろ》。

　隠口《こもりく》の泊瀬《はつせ》の山の山の際《ま》に
　　いさよふ雲は妹《いも》にかもあらむ

――娘子を泊瀬の山で火葬したけれど、山の辺りに漂っている雲は、あの娘子なのだろうか。

　あるいは、

　隠口の泊瀬の山に照る月は
　　盈昃《みちかけ》しけり人の常無き

――泊瀬の山に照る月は満ち欠けするが、人もまた常無きことよ。

　などなど、ね。他にもたくさんある」
「でも」雅は顔をしかめた。「何か、とても暗い印象を受けるんですけど……。その『隠口』というのは、泊瀬の枕詞ですよね」
「そうよ」

「どういう意味なんでしょう？」

「『隠口』は『隠国《こもりくに》』の転訛で――『隠処』とも書いて――山に囲まれた峡谷を表しているともいわれてる。そもそも『ハセ』も『挟《は》せ』で『二股の河谷に挟まれたY字状の谷』なんだという。でも、私はそんな意味じゃないと思ってるの」

「それは……」

「単純よ」千鶴子は笑った。「隠れる――ってどういう意味？」

あっ、と雅は声を上げてしまい、改めて声を低くして答えた。

「……死ぬ、ということです」

「そうよね」千鶴子は微笑む。「『記紀』にもあったでしょう。大国主命《おおくにぬし》の国譲り」

はいっ、と雅は小声で叫んだ。

「『古事記』には、大国主命が『八十《やそ》坰《くまで》手に隠《かく》りて侍《はべ》らむ』とあります。この『坰手』は、非常に長く遠い所――つまり『黄泉《よみ》国』だとされています」

そう、と千鶴子は言う。

「ちなみに『書紀』にも、こうあるわ。

『今我当《まさ》に百《もも》足《た》らず八十《やそ》隅《くまで》に、隠去《かく》れなむ』

とね。そして『クマデは、幽界の意であろう』という注釈がついている。どちらにしても『隠れる』というのは『死ぬ』こと」

「じゃあ、隠口――隠国の泊瀬は？」

雅が身を乗り出して尋ねたとき、電車は長谷寺駅に到着した。二人が、あわてて荷物を手に降りると、周囲を緑の野山に囲まれたホームは、のどかな日差しと鳥の声で溢れていた。

*

家に戻ってくつろいでいた団蔵のもとに連絡が入ったのは、ちょうど番茶を一杯飲み終わったときだった。

今朝、大神神社に若い女性が二人でやってきて、本社と狭井神社の社務所で、それぞれの拝殿の向きを質問していったのだという。

「その女性たちは……」団蔵は電話口で尋ねた。「拝殿の向きが何だという？」

はい、と電話の向こうで男が、やや緊張した声で答えた。

「二社共に、三輪山山頂を拝していないのは変ではないか、と」

「……それで？」

「一応、神職の説明で納得した様子だったらしいです」

「それなら、何の問題もあるまい」

「しかし、その後に門前の喫茶店に入り、地図を広げると何やら相談をしていたらしく」

「なに……」

その結果、と男は低い声で続けた。

「二人で、長谷までの切符を購入したとのことでした。おそらく今頃は、長谷に向かっているものと——」

何と。

また、面倒な輩が現れたか。

団蔵は、軽く溜息をつきながら尋ねる。

「そいつらは、単なる素人の観光客ではないのか」

「少し違うようです」

「というと……何者だ？」

はい、と男は答えた。

「はっきりと判明はしておりませんが、おそらく、この辺りを調べている大学生と、教師のようだったとのことでした」

「誰かに頼まれていそうな感じは？」

「さあ。そこまでは何とも——」

「ふむ……」

団蔵は鼻を鳴らす。

今まで何人もの学者や教授や学生が、ここまで「出雲」を調べにやってきた。しかし誰もが結局は本質まで辿り着けず、適度に満足して帰っていった。

あくまでも第三者の彼らには、到底「出雲」の深遠さを理解できるわけもない。おそらく今回の二人も、適当なところで勝手に納得して帰って行くことになるだろう。

観光気分の学生ごときのレベルでは、到底無理だ。真実に辿り着けるわけもない――。

「気にすることもあるまい」団蔵は笑った。「だが、念のために目を離さずにおけ。それに、長谷ならば都合が良い。あ奴に連絡しておけ」

「承知しました」

男は応えてから、低い声で問いかける。

「それで……もしも、万が一のときには？」

その質問に団蔵は、大きく嘆息する。

「すぐに報せろ。その時の状況に応じて――」

悲しそうな表情で静かに言った。

「わしが処理する」

＊

長谷寺駅も三輪駅同様、小さな駅舎だった。

駅前の狭いロータリーには、タクシーの姿がなかったので、

「お寺まで歩きましょう」千鶴子が（最初から予想していたように）言った。「一キロほどだから、お話ししながら行けば、すぐに到着するわ」

はい、と答えて雅は今の質問を改めて投げかけた。

隠れることが「死」を意味するなら「隠口」「隠国」は？ そして「泊瀬」は？

「隠国は」長い坂道を下りながら、千鶴子は答える。「今言ったように、死者の国・葬送の地を表している。黄泉国とか、冥土とかをね。でも、単にそれだけじゃない。前回の出雲臣《いずものおみ》のように、朝廷から搾取されようとしている人々が逃げ込む土地でもあった。いわゆる『隠れ里』」

「隠れ里……」

「ここ長谷もそうだし、吉野や熊野もそうね。そして、朝廷の手が及ばない『隠れ里』に逃げ込んでしまった人々は、貢納・使役の対象とはならない。つまり、朝廷にとっては——」

「死人と同様……」

「そういうこと」千鶴子は頷いた。「またさらに『初瀬』『泊瀬』に関しては、これらは『果瀬《はてせ》』の転という説がある」

「果て瀬、ですか。つまり、この世の果て？」

「元来は、船の着く港を表していたんだけど、やがて『墓場』という意味に転じたようね。というのも、昔は人の死骸を『船』に乗せて流す、あるいはそのまま土に埋めていたというから」

死骸を船に……。

雅は引っかかる。

何が——といわれても出てこない。

頭の中で何かが飛び交っているけれど、収束して形になるところまではいかない。もどかしい。

でも、きっと重要ポイント。

雅は歩きながら手帳を取り出して、急いで書きつけた。

死骸。船。流す——。

その様子をチラリと眺めながら、千鶴子は続けた。

「熊野で行われていた、補陀洛渡海《ふだらくとかい》も、その一つと考えてよいわね。それこそ観音菩薩の住まう浄土へと、小さな船に乗って——閉じ込められて——船出する。いわゆる、入水往生」

雅は千鶴子の隣で首肯した。

那智《なち》の補陀洛山寺に行ったときに見た。そこには、復元された渡海船が飾られていて、その余りに小さくみすぼらしい姿に唖然としてしまった記憶がある。しかし、それは当然の形態だとすぐに思い直した。何しろ「棺桶」なのだから。

でも。

ここでも「船」……。

無言のまま眉根を寄せる雅に、千鶴子は言う。

「泊瀬関連で言えば『小泊瀬山《おはつせやま》』という名前の山もある。これは知っているでしょう。いわゆる『姥捨山《うばすて》』」

はい、と雅は答えた。水野の授業で習った。確か、信州にある山だったはず。どちらに転んでも「泊瀬」は「葬場・墳墓」ということか。

「そこで、さっきの話に戻る」千鶴子は雅を見た。「見晴台」

「えっ。鎌倉の長谷寺の——？」

「それも、そう」千鶴子は笑った。「あなたは、京都東山の清水寺《きよみず》を知っているでしょう。あそこも本堂が懸崖《けんがい》造りになっていて、広い舞台を持っている。いわゆる『清水の舞台』」

「はい」

雅は頷く。

もちろん、何度も行っている。初めて上がったときは、遠く京都タワーまで望めることに感動した。

一方、千鶴子は言う。

「長谷寺と清水寺の共通点は、それだけじゃなくていろいろあるんだけど、話が逸れてしまうから今はその点だけにしておくわね」

そうつけ加えると、雅に尋ねた。

「あなたは、これらの舞台の共通点を知ってる？」

「懸崖造り……は、今千鶴子さんがおっしゃいましたし」雅は目をパチクリさせながら答える。「高くて見晴らしが良い……のは当たり前ですし。建造に当たって、釘が一本も使われていない？」

「もっと根本的な、大きい共通点があるの。それは『清水の舞台から飛び降りる』」

「は？」

「『広辞苑』ではこのことを『非常な決意をして物事をするときの気持ちの形容』とあるけど、これは正確ではない。もともとは、清水の舞台から死体を捨てるという意味だった」

「まさか――」

何か不思議？　と笑って千鶴子は続けた。

「当時の庶民は、亡くなっても墓を建てることが許されず、遺体は鳥葬や風葬に付されていた。その一環として、遺体を清水の舞台から葬送の地に投げ落とした」

と言われても！

雅も、修学旅行や友人たちとの旅行であの舞台に行き、笑いながら記念写真まで撮った。そこが、死体遺棄場？

そんなバカな。

しかし、千鶴子は言う。

「事実、あの近辺は鳥辺野《とりべの》という葬送の地。化野《あだしの》、蓮台野《れんだいの》と並ぶ、京の三大葬送地」

「ああ……」

「だから『清水の舞台から飛び降りる』というのは『決意』でも何でもない。すでに死んでいる、死んだ後に投げ捨てられる、という意味。『穴があったら入りたい』のような」

「え？」

「あれも『恥じ入って身を隠したいほどに思う』などという意味じゃない。『穴』はもちろん『墓穴』。つまり『死にたい。死ぬ』ということ。清水にしても、今の言葉にしても、時代が下るにつれて、緩く優しく言い換えられてきただけ。そして――」

千鶴子は雅を見た。

「肝心の、長谷寺。とても立派な見晴台がある」

つまり、と雅は息を呑む。

「あの立派な舞台から……遺体を？」

そういうことね、と千鶴子はあっさり答えた。

「投げ捨てていた」

「そんな……」

「でも、今言ったように、それは決して非情なことではなかった。むしろ逆。観音様のいらっしゃる場所で、遺体をあの世に『送る』という意味を持っていたんでしょう。だからこの行為は、当時の庶民にしてみれば、精一杯の供養だったんだと思う」

「そういうことですか……」

つまり、今で言う共同墓地や霊園に「送る」行為だったというわけだ。しかも、観音菩薩のいらっしゃる、その目の前で。

雅は納得した。

しかし——。

もう一点、引っかかる。

では、何故そんな「泊瀬」や「初瀬」の土地に、紫式部や清少納言を始めとする王朝女人たちが数多く参拝したのだろう？

彼女たちは、特に「死」や「穢れ」を嫌っていたはずだ。それなのに、こぞって参拝したどころか、清少納言や菅原孝標女などは「参籠」までしている。

何故？

雅が首を傾げながら歩いていると、昔ながらの古い旅館や食堂が建ち並ぶ門前通りを過ぎて、長谷寺に到着した。

入り口で入山受付を済ませると、境内図と略縁起の書かれている案内板を読む。境内は、雅の予想を超えて遥かに広大で、さまざまな堂宇や碑、さらに研修道場などが無数に建っているようだった。

略縁起には、

当山は朱鳥《しゅちょう》元年（西暦六八六年）天武《てんむ》天皇の御願により道明《どうみょう》上人によって創建され、それより約五十年の後、徳道《とくどう》上人が聖武《しょうむ》天皇の勅願をうけ、楠の霊木をもって十一面観世音菩薩の尊像を造立し、大伽藍を建立してお祀りになりました――云々。

とあり、続けて、本尊の丈は十メートル余りあること、「初瀬詣」が『源氏物語』や『枕草子』などにも載っていること、万葉の昔から「隠国の初瀬」として歌枕の地になっていること、そして最後に、檀信徒二百万を有する真言宗豊山派の総本山であると結んでいた。

寺の創建が西暦六八六年だから、それより遥かに古い大神神社がこの長谷寺を見ている（拝んでいる）ことはあり得ないけれど、先ほどからの千鶴子の話を聞いていると、寺自体ではなくても、大神神社がこの近辺の地に目を向けていることは間違いないような気がする。

最後まできちんと観て回れば、きっと何かを発見できる。雅は自分に言い聞かせた。

二人は、立派な仁王門をくぐる。ここから、有名な「登廊《のぼりろう》」が延々と続く。屋根からは丸く可愛らしい吊り灯籠、いわゆる「長谷型灯籠」がズラリと下がっている（微妙に歩きづらい）石段を歩きながら、雅はパンフレットに視線を落とす。

すると、この登廊は「上・中・下」と分かれていて、その繋ぎ目でまさに九十度近く折れ曲がっていた。といっても、本尊の観世音菩薩が「怨霊」のわけはないから、おそらくそれ以外の「何か」がいらっしゃるのだろう。

登廊の長さは「百八の煩悩」にちなんで百八間。二百メートル弱で、石段の数は三百九十九段と書かれていた。

前後左右が開け放たれている登廊の両側には、爽やかな景色が広がり、今は桜が満開だった。しかし、この寺は牡丹が有名で、境内には百五十種七千株もあるらしい。確かに、蕾をつけている牡丹が至る所に散見される。初夏のころには、これらが一斉に咲き競い、見事な景色となるのだろう。

雅たちは少し息を切らしながら、中登廊、上登廊と進む。

その途中には『百人一首』の中で紀貫之《きのつらゆき》が詠んだ名梅や、小林一茶《こばやしいっさ》の句碑なども建っていたが、それらにゆっくり目を通す余裕もなく、雅たちはひたすら石段を登った。

ようやく本堂手前の納経所まで到達すると、二人は額の汗を拭い、それぞれ持参したお茶や水を飲んで一息入れる。

ここまでは、登廊の石段と周囲の風景ばかりに気を取られていたけれど、長谷寺はいよいよこれからだ。雅は気を引き締めて、千鶴子と共に本堂へと向かった。

入母屋造・本瓦葺きの仏堂は、東大寺大仏殿に次ぐ大きさだという。正堂（内陣）・拝所・礼堂《らい》（外陣）、その外側には懸崖造の舞台という、複雑かつ美麗な構造になっている。

雅は正堂と礼堂の間の通路に立ち、十一面観世音菩薩立像を眺める。

〝これは……〟

長い錫杖《しゃくじょう》を手にして岩上にずしりと立っているその姿に、言葉もなく圧倒されてしまった。しかもこの本尊は、今まさに衆生を救いに行こうとして、天衣《てんね》の裾から足を一歩踏み出しているのだという。

雅は深く拝礼して正堂を後にすると、礼堂から舞台へと移動した。礼堂の舞台側には、今にも崩れ落ちそうな筆跡で「大悲閣」と書かれた大きな額が掛かっていた。この「大悲」は仏や菩薩の慈悲の心であり、同時に観世音菩薩の別名ともいわれているらしい。そういえば、清水寺でも見かけたような気がする。

雅は舞台中央へと進む。

想像していた以上に、素晴らしい景色だった。

左右には緑の山々。正面下方には、今歩いてきた登廊の屋根が、緑の中をうねる龍のように続いている。右手奥にチラリと見えるのは、五重塔。空気も爽やかに澄んで、雅は大きく深呼吸する。

でも……舞台の下は覗かずに戻った。

確かに千鶴子に言われるまでもなく、食うや食わずの時代に、こんな立派な「見晴台」「観光名所」は不必要だ。そこには当然「他の理由」があったのだろう……。

二人は本堂を出ると、弘法大師御影堂や道明上人が初めて宝塔を祀った本長谷寺などが建つ裏手の道を歩く。

やがて辺りに参拝者が途切れたとき、

「さっきの話の続きだけど」千鶴子が声を落として言った。「長谷寺の本質。人々から絶大な支持を得た本当の理由」

えっ、と雅は千鶴子を見た。

「まだ、あるんですか？」

「ここからよ」

千鶴子は笑ったが――。

日本最大級ともいわれる、圧巻の十一面観世音菩薩立像。

その菩薩に見守られながら、あの世へと旅立つための「舞台」。

また「観音」は「鉄穴《かんな》」で、この辺りは鉄や水銀の一大産地だった。おそらくそのために長谷寺は、朝廷に対して大きな力を持っていたのだろうと推測される。

ここまでは理解した。

でも……ここからが、長谷寺の本質？

「それは、何なんですか！」

身を乗り出して尋ねる雅に、千鶴子はさらに低い声で答える。

「さっきの本堂では、観世音菩薩立像やその他の仏像を納めている正堂と、通路を挟んで舞台側に、礼堂があったでしょう」

「板敷きの間ですね」雅は頷いた。「壁や仕切りのない、広い空間でした」

「平安時代には、あの礼堂の四方に蚊帳《かや》や、薄い几帳《きちょう》のようなものを吊って、その中で参籠したという。清少納言たちも、あの場所でお籠もりしたらしい」

「素晴らしいですか！　歴史的な場所じゃないですか。でも……それが？」

ええ、と千鶴子は苦笑する。

「現在は、研修所を除いて一般の人たちの参籠のためのシステムは特にないようだけど、それらもすべて時代と共に変化していった。やがてこの寺は『子授け』にとても御利益があると言われるようになったの。『わらしべ長者』じゃないけど、参籠して祈願すると願いが叶って、必ず子供を授かるといわれ、子供が欲しい女性たちが大勢やってくるようになった」

「ますます素敵じゃないですか。霊験あらたかな観音様」

「本当に」千鶴子は立ち止まって雅を見た。「観音様が、子供を授けたと思う？」

「えっ」

「どうしても跡継ぎの子供が欲しい——おそらくは商家の奥さんたちがやってきて『お籠もり』した。そのお籠もり堂には当然、大勢の若い男性もいる。昼も夜もない、一日中『忘我《ぼうが》』の世界。その結果……彼女たちは妊娠した、というわけ」

「まさか！」雅は息を呑んだ。「それって——」

そういうこと、と千鶴子は答える。

「でも、あの場所で起こったことは、観音様の思し召し。だから、そこで授かった子供は『仏の子供』と呼ばれた」

「だって、それは――」

「結果、誰も不利益を被ってはいない。いえ。当人はもちろん、周りの人々も感謝していたでしょう。観音様の御利益に」

「そういうこと――」

でもね、と千鶴子はさらに続けた。

「いくらあの場所で『お籠もり』をしても、必ず子供を授かれるわけじゃない。観世音菩薩の御利益を授かることのできない女性たちも、当然いた。そこでどうなったかというと、『お籠もり』の帰りに、本物の子供――赤ちゃんを授けるようになった」

「本物の、って！」雅は叫んでいた。「まさか、そんなことを」

「あなたの言いたいことは、分かる」千鶴子は微笑んだ。「でも、これもまた菩薩や仏の思し召しなの」

「そっ、それはいくら何でも――」

「というのも」千鶴子は雅の言葉を遮って、静かに続ける。「その赤ちゃんたちは、お寺に預けられた子供――両親に捨てられてしまった子供だったから」

「え……」

「当時、貧しい人々の間では口減《くちべ》らしが横行していた。ひどいときは、生まれたばかりの子供の命を絶たざるを得ないこともあった。でも、やっぱり自分の子供は殺せない。

そう思った親たちは、そっとお寺の門前に置いた。この場合は『捨てる』という表現は正確ではないわね。お寺に『預けた』の」

「ああ……」

「その後、そのまま僧侶になる子供もいれば、今のように商家にもらわれていった子供もいた。そう考えると、これはある意味でその子にとってのチャンスでもあった。生まれ変わる好機。もらい手も是非にと欲しがってくれて、きっと愛情を注いで育てたはず。実際の話として、その後、歴史に名を残すほど出世した子供もいた」

観世音菩薩の御利益か――。

そういえば、清水寺でも大勢の子供たちを受け入れていたという話を聞いたことがある。そのときはピンとこなかったけれど、現実はこういうことだったのかもしれない。

雅は、複雑な気持ちで眉根を寄せる。

現代でも、何らかの事情があって育てられなくなってしまった新生児を、病院を通して養子縁組をしてもらうという「赤ちゃんポスト」「こうのとりのゆりかご」というシステムがあるという。これらは諸外国にも存在していて、こちらは主に教会がその仲介役となっているらしい。

全く同じ構造だ。病院や教会の代わりに、観世音菩薩――寺院が行った「慈悲」いや、それこそ「大悲」……。

まだ混乱している雅に、千鶴子は続ける。

「そして、もう一つ」

「もう一つ——って」

雅は目を見張る。すでにお腹一杯なのに！

「この上、まだあるんですか？」

「今度は、よくある話」

千鶴子は笑って歩き出した。

「それほど大勢の人たちが訪れるお寺だったから、当然のように門前に遊郭ができた。これは、どこもそう。東京では浅草・浅草寺《せんそう》の近くに吉原《よしわら》が、芝・増上《ぞうじょう》寺の近くには品川遊郭があったたし、伊勢神宮の側にも、古市《ふるいち》という、日本有数の遊郭があった。精進落としだ何だと理屈をつけて、男たちが足を運んだの」

もちろん知っている。

伊勢参り大神宮にもちょっと寄り

という川柳がある。伊勢参りと遊郭遊びのどちらが本来の目的か分からないほど、大勢の男たちで賑わっていたらしい。

「というと……やっぱり、ここにも？」

尋ねる雅に、

「ええ」と千鶴子は答える。「現在は、全くその面影すら残っていないけれど、かなりの規模で存在していたようね。しかも長谷の場合は、他国からの遊女たちも大勢やってきた」

「他国から？」

「今の話とは真逆」千鶴子は苦笑する。「妊娠してしまった遊女たちが、堕胎のために訪れた。というのも『隠国』で命を落とす人間——この場合は子供——は、決して怨霊にならないという言い伝えがあったから」

「えっ……」

雅の頭は、輪をかけて混乱する。

子供を授かりたくて「お籠もり」までする女性たち。

口減らしで、生まれたばかりの子供を寺に預けて行く親たち。

その子供を預かって育てる寺、あるいは喜んで頂く女性たち。

さらに、堕胎のためにやってくる遊女たち。

ここは一体、どういう場所なのだ——？

「ただし」と千鶴子はつけ加えた。「今までの話に関しての文献は、何もないわ。すべて、地元の古老から聞いた話。だから、論文にはできない」

千鶴子は苦笑した。

「どこまでが真実か分からないけど、私はとても理屈に合っていると思う。まさに『隠国』『隠れ里』」

千鶴子の言葉に雅は、硬い表情で首肯したが……。

その瞬間、頭の中で何かが弾け、ごちゃごちゃに交錯していた思考が突然一つにまとまった。

そうだ。

つまり、この地は——。

〝死と再生の国〟

泊瀬は、単なる「果て瀬」の国などではない。

観世音菩薩の浄土へ旅立つ国でもあり、同時に新しい「生」を受けて未来に向かう「隠国」「隠れ里」。

まさに、ずっと追い続けている「出雲」と同じ構図を持っている土地ではないか！

黄泉国に通じる黄泉比良坂から「黄泉帰る」国、出雲。

そうだとすれば、大神神社は、やはりこの地を拝しているのではないか……。

その後二人は、境内裏手まで足を延ばし、『源氏物語』「玉鬘《たまかずら》」を典拠とした金春禅《こんぱるぜん》竹《ちく》の能「玉鬘」に登場する根元から二本に分かれている杉——「二本《ふたもと》の杉」や、親子で並んで建っている藤原俊成《しゅんぜい》碑と定家《ていか》塚も見学して、再び仁王門まで戻ってきた。

ところが、千鶴子の顔色が今一つ冴えない。

こうして長谷寺を一通りまわってみたが（雅としては、かなりショッキングな話を聞くことができて個人的収穫は大きかったけれど——）大神神社や大物主神や大国主命など「出雲」に関係している史蹟や痕跡を、何一つ発見できなかったからだ。

もちろん、大神神社創建よりも長谷寺建立が年代的には後だから、長谷寺自体に何かが存在しているとは最初から考えてはいなかった。しかし「隠国」のこの地には「出雲」に関連するものが絶対にあるはずだと、心の中で期待していた。

それは千鶴子も同じだったと見えて、先ほどから唇を硬く噛んだまま厳しい表情で歩いている。

やがて、

「戻る前に、もう一度だけ確認してみましょう」

千鶴子は言うと、寺の入り口近くにある休憩所に入った。

二人揃ってベンチに腰を下ろすと、室内には他の参拝者や観光客がいないのを幸い、休憩所の中央に置かれた大きなテーブルの上に、千鶴子は地図をバサリと広げた。

「大神神社の拝殿も狭井神社の拝殿も、間違いなく東を向いていた。ところが、標高四百六十七メートルの三輪山山頂は、大神神社拝殿の北東に位置している」

一つ一つ指で確認しながら続ける。

「では、どうしてこれほど方角が違っているのかと尋ねたら、山頂を直接拝むのは失礼に当たるからという回答だった。でも、末社の久延彦神社に行けば、きちんと『神山遥拝所』が設けられて、誰でも直接山頂を拝むことができる。というより、山頂を拝むことすら不敬であるような神体山に登拝できるということ自体がおかしい」

「ということは」雅も大きく首肯しながら言う。「わざと参拝者に頂上を拝ませないでいるのか、それとも、どこか違う場所を拝ませているのか……ですね」

「そういうこと」

千鶴子は地図を指でなぞる。

「大神神社の拝殿から、真っ直ぐ東。すると、ここ長谷に到達する。長谷寺とは微妙に誤差が出てしまうけれど、ほぼ間違いない。なのに、長谷寺では出雲関係の史蹟を全く発見することができなかった……」

千鶴子は申し訳なさそうに雅を見た。

「ごめんなさい。無駄足になってしまったみたいね。私が誘ったのに、せっかくの貴重な時間を——」

しかしその言葉は、雅の頭の中に入ってこなかった。

雅は目を大きく見開き、地図上のただ一点だけを見つめていた。

そして、少し震える指を地図の上に置いた。


「千鶴子さん……ここ」

「どうしたの？」

「見てください！」

雅は叫び、千鶴子はあわてて地図に置かれた雅の指先を見た。

するとそこには、

「素盞雄《すさのお》神社……」

と書かれていた。

長谷寺の裏手、ここから初瀬《はせ》川を渡ってすぐの場所だ。

「出雲大社では」雅は言う。「大国主命を祀ると思わせて、実は境内一番奥に鎮座している素戔嗚尊を拝む形になっていました。というのも『出雲』は、もともと素戔嗚尊の国だったから」

「祖神を拝む——」

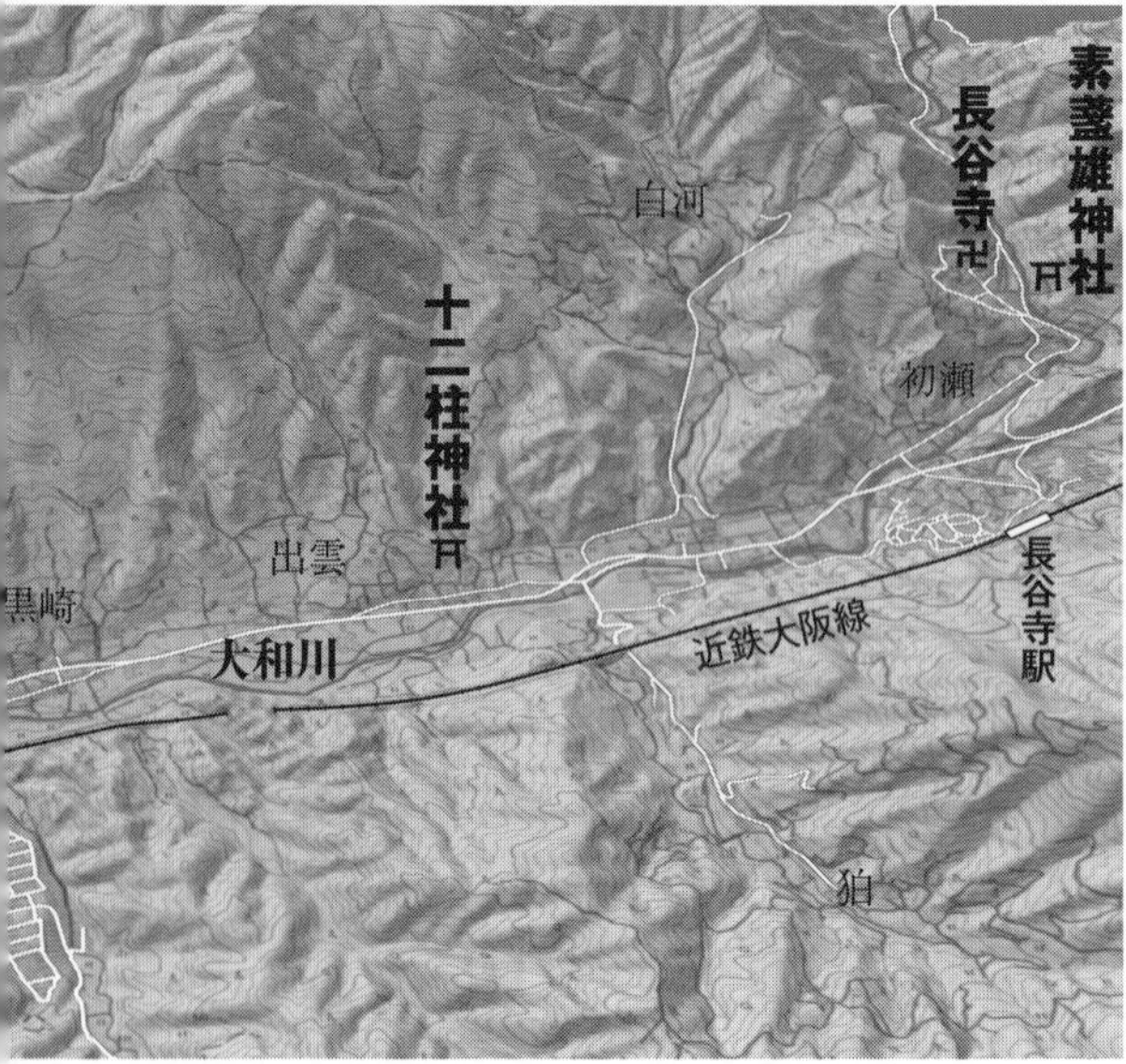

はい、と雅は意気込む。

「ということは、大神神社も同じなんじゃないでしょうか。三輪山を拝むフリをして、実はこちらの素盞雄神社――素戔嗚尊を拝んでいる」

「ちょっと待ってね」千鶴子は地図上に線を引く。「長谷寺と同じで、やっぱり多少の誤差はあるけど、大神神社拝殿がこちらを向いているのは間違いない」

千鶴子は顔を上げた。

「行きましょう！」

「はいっ」

二人は急いで荷物をまとめると休憩所を飛び出し、長谷寺を後にする。

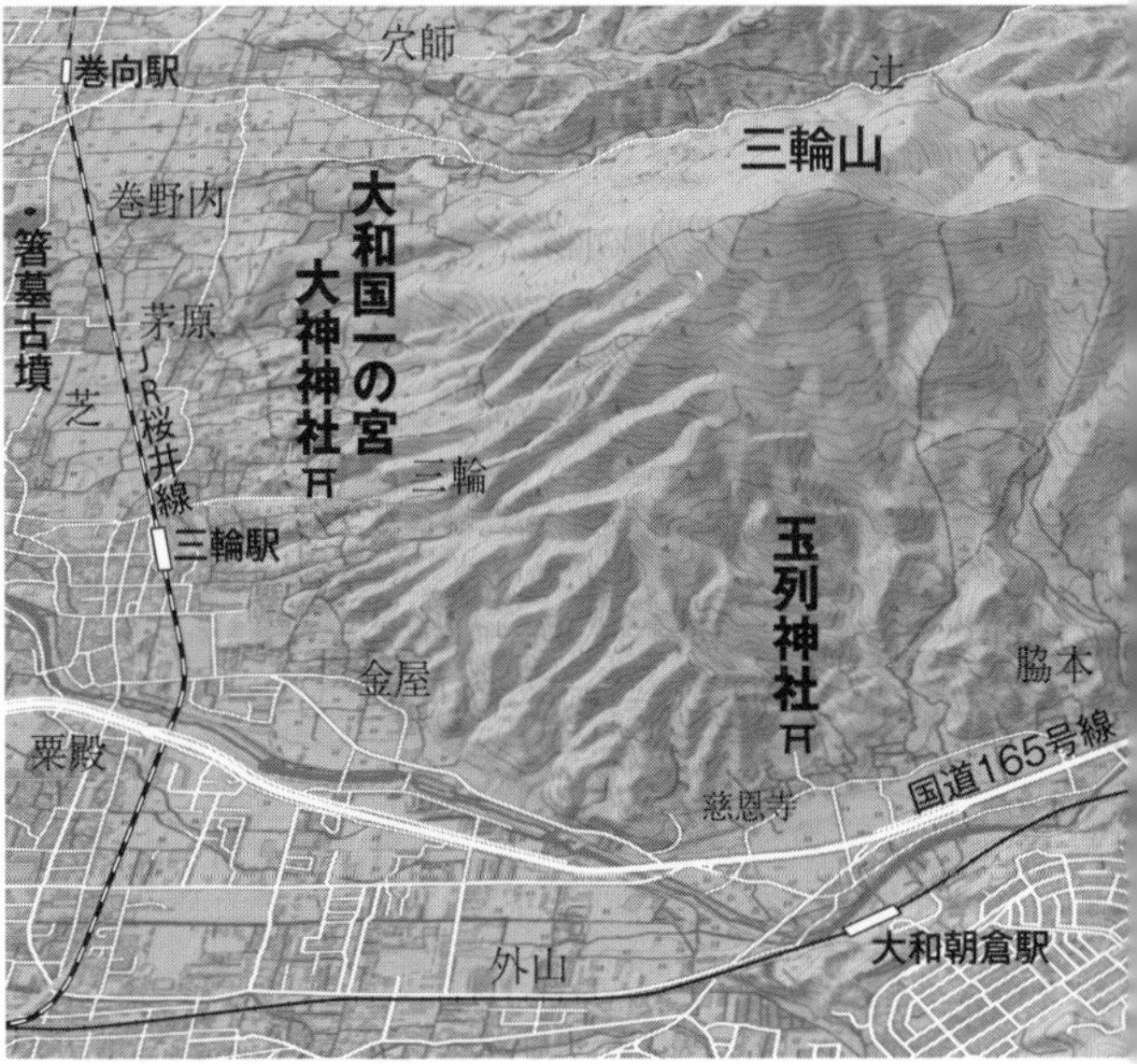

初瀬川沿いの道を足早に歩きながら、千鶴子は言った。

「今回のことを論文にした方が良いわ。私の知る限り、誰もこんなことを言っていないから。大神神社の拝殿が三輪山山頂を向いていないというのは、誰かがどこかに書いていた気がする。でも、どこを見ているのかという点に関しては、誰一人として言及していないはず」

「は、はい」

「あとは、地道な論証を積み上げて行けば良いだけ」

「は……」

雅の一番苦手な部分だった。

いや！

几帳面に何事も手堅くこなしてゆける「おとめ座」だ。きっと頑張れるはず。

やがて二人の前に、朱塗りの欄干の小さな橋が見えた。「連歌《れんが》橋」という名称の橋らしい。

「あの橋は、長谷寺建立以前の時代に遡るの」

千鶴子が説明してくれた。

橋の向こうにそびえる與喜《よき》山も、神宿る山として信仰があった。それがいつしか、長谷寺の観世音菩薩に帰依していた菅原道真=天神信仰と重なり、天満神社が創建された。その後、道真の詩文の才にあやかって、人々はあの橋を渡って連歌を奉納するようになったため「連歌橋」と呼ばれるようになったのだという。

橋に到着して親柱を覗き込めば、確かに「連歌橋」という名称が刻まれていた。ところが、

「でもね」と言って千鶴子は、もう一方の親柱の前に雅を誘う。「こちらの名称を見て」

言われて雅が覗き込むと、そこには、

「古河野辺」

とあった。

「野辺……って」

「埋葬場ね」千鶴子はあっさりと言う。「だから、清水寺と同様に長谷寺の舞台からも

遺体を放っていただろうという推測も、あながち間違いとはいえないわけ」

「ああ……」

さて、と千鶴子は前方を見る。

「それより今は、あなたの説を証明しなくちゃ。早く、素盞雄神社に行きましょう。もう、左手奥に見えているわ」

視線を上げると、大きな銀杏の古木の背後に、チラリと神社らしき建物が見える。雅は一つ大きく深呼吸して橋を渡った。


連歌橋を渡り終えると、正面には大きな自然石を積み上げた石段が延々と続いていた。與喜天満神社へと向かう登り道らしい。

しかし、雅たちはその手前で左に折れる。

すぐに、小さな社が見えた。ここが素盞雄神社かと思ったが、立てられた社号標には「玉鬘神社」と書かれていた。能の「玉鬘」が、やがて長谷寺の信仰に取り入れられ、尼僧たちがこの場所に庵を結んでお祀りした、その跡地だそうだ。

そういえば……。

さっきの「二本の杉」で見た『源氏物語』の「玉鬘」では、母・夕顔《ゆうがお》に会いたいと願う玉鬘が「大和の初瀬《はつせ》寺（長谷寺）の観世音が」日本国中にあらたかなる霊験を示していると「唐土《もろこし》」にまで伝わっていると教わり、祈願をしに初瀬までやってくる。

そのとき、玉鬘は母・夕顔の侍女だった右近《うこん》と偶然にも出会い、夕顔はすでに逝去してしまったことを知らされる……という、悲しくも美しい物語なのだが、その右近と出会う場所は「椿市《つばいち》」。大神神社のすぐ近くの町だ。

やはり昔から「隠国」の初瀬（長谷）と、三輪明神・大神神社は何か関係していると考えられていたのではないか。

雅は、ますます確信を深めて先へ進む。

するとすぐに、白い石鳥居と「素盞雄神社」と刻まれた社号標が見えた。雅は逸《はや》る心を抑えるように、ゆっくり地面を踏みしめるようにして歩く。

手水舎で口と手をすすいで鳥居をくぐると、それほど広くない境内正面には、小ぶりだけれど重厚な瓦屋根を載せた拝殿が、右手には小さな末社が、そして左手には大きな銀杏の古木が立っていた。先ほど、川向こうから見えた銀杏だ。その前には、

天然記念物　初瀬のイチョウの巨樹

と書かれた説明書きが立っている。それによれば、樹高約四十メートル、周囲七・一五メートルで、

「イチョウの巨樹としては県下最大のもの」

だそうだ。雅たちは周囲をぐるりと回って、そのまま拝殿の前に進んで参拝する。

ほぼ間違いないとは思うものの、本当に大神神社がこの素盞雄神社を拝んでいるとすれば、島根の出雲大社と全く同じパターンになる。それは、

・大国主命を頭の上に「祀り上げ」て、参拝者には一直線に「素鵞《そが》社」にいらっしゃる素戔嗚尊を拝ませる。

・大物主神を三輪山山頂に「祀り上げ」て、参拝者には一直線に「素盞雄神社」にいらっしゃる素戔嗚尊を拝ませる。

ということだ。そしてこの構図が同じだとすると、もう一つ判明することがある。

この「隠国」の長谷一帯も「出雲国」になるということだ。素戔嗚尊が統治していた国。やがて戦い敗れて、朝廷にすべてを奪われてしまった国……。

参拝を終えて境内を散策する千鶴子と離れて、雅は瑞垣に沿って本殿近くまで進んだ。もちろん瑞垣内には入れないので、その隙間から本殿を覗く。

一間社の小さな造りだったが、朱塗りの社殿が周囲の緑に映えて美しい。屋根は茅葺きで、千木《ちぎ》はもちろん男《お》千木。凜々しく天に向かって伸びていた。

ただ、本殿の手前、階《きざはし》の横の地面に、今にも壊れそうなトタン屋根の小さな祠が打ち棄てられたかのように転がっているのが気になった。その祠の前面には注連縄が張られ、白い紙垂まで下がっている。表立って祀るつもりはないが、決して疎かにはできない祠なのだろう。それとも、そんな由緒や伝承も失われてしまった祠なのか……。

雅が、そっと手を合わせていると背後で、

「ええっ」

と叫ぶ千鶴子の大声が、境内に響いた。

驚いて振り返る雅を、千鶴子は大慌てで手招きする。神社の由緒書きを読んでいたらしい。

「どうしたんですか！」

急いで駆け寄る雅を見ながら、千鶴子は硬い表情で由緒書きを指差した。

「これを読んで……」

まだ目を通していなかった雅は「はい」と答えてその前に立った。見ればそこには、こうあった。

素盞雄神社
祭神　二座

素盞雄命
大倉比賣命《おおくらひめ》

末社　一社
　祭神　二座
　　十二社明神
　　秋葉明神

〝これが何か？〟

特に問題はない。

大倉比賣は、大国主命の御子・下照姫《したてる》の別名という説もあるし、秋葉明神は火伏せの神。おそらくは、踏鞴に関係する神。十二社明神に関してはよく知らなかったけれど、おそらく地主神をメインとする神なのではないか。

雅は続きを読む。

由緒
当社は、社伝によれば、今（平成三年）を去ること千四十三年の昔、天暦《てんりゃく》二年に、神殿大夫武麿《こうどのたいふたけまろ》が菅公（菅原道真）の霊をむかえて與喜《よき》天満宮創建の時、與喜山（大泊瀬山　天神山）は、天照大神降臨の山であり、その弟神、素戔雄命の霊を鎮めねばならないと、この所に社殿を構えたのが始まりであるということであります――云々

えっ。

千鶴子の硬い表情の意味を理解して固まってしまった雅に、千鶴子は顔をしかめたまま言った。

「この神社の創建は、天暦二年とあるわ。西暦だと九四八年で、菅原道真どころか、平将門以降の時代。つまり、大神神社創建のころには、まだ影も形もなかった……」

「そんな！」

雅は改めて、食い入るように由緒書きを読む。

しかし――間違いなかった。

雅の全身から、すうっと血の気が退く。

この素戔雄神社は、紀貫之たちの時代に建立された。ゆえに、大神神社の歴史とは比較のしようがないほど新しい。

つまり、本社の拝殿が素戔雄神社を向いて造られたという雅の説は、根底から覆ってしまったことになる。千鶴子の言ったように、大神神社創建時、この場所には何もなか

ったのだから。多分、あの銀杏すらなかった……。

雅の背中を、冷たい汗がひと筋流れ落ちた。

〝どうして？〟

理屈では、間違いなかったはずだ。一体どこで、何が食い違ってしまったのか。

それともこの場所では、島根の出雲大社と同じシステムを取っていなかったということなのか。

いや。それも考え難い――。

「そういえば！」

雅は千鶴子に訴えた。

本殿下に、打ち棄てられたような小さな祠があり、でも注連縄もきちんと張られていた。ひょっとすると、その祠はもっと古くから存在していたのではないか？

それこそが、もともと素戔嗚尊を祀っていた祠だったのでは？

そう考えた方が、現在の朱塗りの美しい社殿より、とってもリアルだ――。

しかし、

「そうだったとしても」と千鶴子は首を傾げた。「その小さな祠が、あの大神神社からわざわざ拝むようなものだったのかしら。たとえそこに素戔嗚尊が祀られていたとしても、地元の人たちがお地蔵様を拝むようなレベルの信仰の対象だったんじゃないかな」

「そう……ですね」

雅も素直に頷いた。規模が違いすぎる。

呆然とその場に立ちつくす雅に向かって、

「とても面白い説だと思ったけど、残念だった……。もう、これ以上ここにいても仕方ないわ。行きましょう」

千鶴子が悔しそうに言って、二人は素盞雄神社を後にする。

期待が大きかっただけにショックも大きい雅たちは、先ほどから自分たちの後をこっそりつけている、木下闇《このしたやみ》のようなスーツに身を包んだ目つきの鋭い男の存在に、全く気づくはずもなかった。

《三神山水先案内《さんしんざんみずさきあんない》》

雅たちは、今通ったばかりの初瀬《はせ》川沿いの道を戻る。

しかし、行きとは打って変わって足取りが重い。特に雅は、大神《おおみわ》神社拝殿の先は素盞《すさの》雄《お》神社で間違いないと確信し、しかも今まで誰も気がついていない発見をしたと胸を高鳴らせていただけに、反動が大きかった。

すっかり意気消沈しているその様子を眺めて、

「面白い話ばかりで、気がつかないうちにとっくにお昼を過ぎてしまったわ」千鶴子は腕時計に目を落として笑った。「昼食を摂りながら、ちょっと休憩しましょう」

「はい……」

二人は長谷《はせ》寺を通り過ぎ、土産物店や食事処や喫茶店、そして老舗旅館などがズラリと軒を並べる門前通りへと向かった。

小綺麗な食事処を見つけて入ると、昼食のピークを過ぎていたため、他に客は二組しかいなかった。雅たちは四人掛けのテーブル席にゆったりと腰を下ろすと、三輪《みわ》そうめんと柿の葉寿司を注文した。さらに千鶴子が地ビールを一本頼み、二人は「お疲れさま」と乾杯する。

「ああ、美味しい」一口飲んで、千鶴子は幸せそうに言った。「考えたら、今日も朝からよく歩いたものね。雅さんも飲んだら？」

「はい……」

気が重い雅は遠慮しながら口をつけたが、適度に冷えていて渇いた喉が潤う。しかも、こくがあって本当に美味しい！

もう二口飲んだら、グラスが空いた。

「相変わらず、飲むわね」千鶴子が笑いながら、雅のグラスを満たす。「もっとも、今日はとても頑張ったし」

「でも……結局、まだほとんど何も……」

「まだまだ、これからよ」千鶴子は目を輝かせながら、グラスを空ける。「私たちは、理論的に間違ってはいないはず。ただ、ちょっと勘違いしているか、何かを見落としているだけだわ」

食事が運ばれてきて、二人は早速箸をつける。そうめんも柿の葉寿司も美味だった。千鶴子は、地ビールをもう一本追加しながら雅を見た。

「こういうときは、一旦原点に戻る。下手に手探りで進むより、思い切ってゼロから見直した方が早い。これは経験則」

「はい」

現金なもので、空腹を満たしながら少量のアルコールを摂取すると、再びやる気が出てくる。やはり「気分転換の早いB型」。ついさっきまでの落ち込みようが嘘のように、雅は大きく頷いた。

「もう一度、検討してみましょう！」

「そうね。では――」

千鶴子は真剣な顔で応えると、ゆっくりと口を開いた。

神坐《かみいま》す山の「神奈備《かんなび》」である三輪山と、それを神体山として祀る大神神社。これは「自然界のあらゆる事物は、具体的な形象を持つと同時に、それぞれ固有の霊魂や精霊などの霊的存在を有する」という信仰――アニミズムの代表例といわれている。

ただし、神坐す山のすべてが「神奈備」という名称を戴くことができるわけではない。基本的には（なぜか）出雲と大和だけだ。

その、奈良・大和。

三輪山の山麓伝いに通じる「山の辺の道」沿いに、山に寄り添うようにして建っているのが、三ツ鳥居――三輪鳥居を持つ元伊勢・檜原《ひばら》神社と、大神神社。また、三輪山登拝の入り口には大神神社摂社の狭井《さい》神社が鎮座している。

ところが、大神神社、狭井神社共に、拝殿が三輪山山頂を向いていないし、檜原神社にはそもそも（本殿はもちろん）拝殿が存在しない。つまり参拝者は、これらの神社の拝殿、あるいは鳥居正面に立っている限り、三輪山山頂を拝むことができない。

しかも（これはあくまでも、雅の説だが）これらの三ツ鳥居は、安芸《あき》・嚴島《いつくしま》神社の本殿裏の『不明門《あかずのもん》』のように、神の通行を許さないために置かれているように見える。

本殿の代わりに三輪山を拝するといいながら、山頂を拝めない拝殿と、神や人々の行き来を許さない鳥居。

こんな不条理があるだろうか？

今まで誰もが「神体山」だ「神奈備」だと言いながら、実は三輪山を崇めてこなかったのか。

いや、それはあり得ない。

現代に至るまで、大勢の人々が三輪山を「神坐す山」として尊崇・奉斎してきたことは間違いないのだから。

では、一体どこでこんな矛盾や齟齬が生まれてしまったのだろう——。

「あなたは、どう思う？」

尋ねてくる千鶴子に、

「さっき、ふと、本社の神職さんの言葉にも一理あると思い直しました」雅は答えた。

「本質的には微妙に違っちゃうんですけど、やはり朝廷の人々は、三輪山山頂を拝みたくなかったんじゃないかって」

「何故？」

「山頂には、自分たちが滅ぼした大物主《おおものぬし》神がいらっしゃるからです。だから、とても恐くて目を合わせるどころか、顔を窺うことすらできない。というのも朝廷の人々は、大抵、卑怯な手段で勝利を得てきているからです。例を挙げ始めると、枚挙にいとまないくらい。だから多分、大物主神もそんなやり方で殺されている」

「京都での賀茂氏《かもうじ》——八咫烏《やたがらす》や、猿田彦《さるたひこ》などもそうだったしね」

はい、と雅は頷く。

「だから、彼らにしてみれば『畏れ多』いのではなくて、そのままの意味で『恐れ多』かった」

なるほどね、と千鶴子は笑いながらグラスに口をつけた。

「でも、あくまでもそれは朝廷の人たちの考えで、あの場所で拝礼する地元の氏子たちの思いというわけではない」

「そうですね……」

「しかし、その視点も正しいかもしれない。一理ある」

ありがとうございます、と礼を述べて、今度は雅が問いかける。

「千鶴子さんは、今回の件に関してどう思われました？」

私は、と千鶴子は真剣な顔つきに戻る。

「今言ったように、根本から考え直した方が良いように感じてる」

「それは？」

「三輪山は、本当に神奈備——神体山なんだろうかって」

「は？」

冗談かと思ったが……千鶴子は真面目な表情を崩さずに続けた。

「登拝時の三島由紀夫の不敬な振る舞いは別にしても、改めて考え直してみると、余りにも疑問が多いのよ」

「たとえば？」

うん、と答えて千鶴子はバッグから一冊の本を取り出した。

「さっき、桜井駅で買ったの。地元の郷土史家……というのかな、田中八郎《たなかはちろう》という人の本。まだ、チラリとしか目を通していないけど、面白いことが書いてあった」

「三輪山——神体山に関してですか？」

身を乗り出す雅に、千鶴子は言う。

「そもそも、三輪山が神体山だという説は、江戸時代に山崎闇斎《やまざきあんさい》が言い出したといわれてる。闇斎は、あなたも知っているように、徳川四代将軍・家綱《いえつな》と五代将軍・綱吉《つなよし》のころの儒学神道者で、神儒一致説を唱えて垂加《すいか》神道を創始した。その中で、三輪山の神体山説を打ち出した」

「でも……誰もが三輪山を崇めていたから、神体山として見るようになったんじゃないんですか？」

「逆よ」千鶴子は笑う。「神体山だから崇め祀る。神奈備だから奉祭する。こっちが先。でも、三輪山の場合は違う」

「え……」

「さっき話した、倭迹迹日百襲姫《やまとととひももそ》のエピソードもそう」

箸墓《はしはか》伝説だ。

倭迹迹日百襲姫は大物主神の妻となったけれど、約束を破ってしまったために神は怒って「御諸山《みもろやま》（三輪山）」に帰ってしまい、姫は箸で陰部を撞いて亡くなってしまった——。

「また」千鶴子は続ける。「大国主《おおくにぬし》命と共に国造りに協力しようと約束した『幸魂奇魂《さきみたまくしみたま》』も『三諸山《みもろやま》』に住まわれた——。それと、あなたは、少子部連蜾蠃《ちいさこべのむらじすがる》に関しての話を知っているでしょう。『書紀』雄略《ゆうりゃく》天皇七年」

「確か……」雅は視線を上に向けて、必死に思い出しながら答える。「雄略天皇が側近の蜾蠃に、三輪山の神――つまり、大物主神を捕まえてくるように命じた。そこで蜾蠃は三輪山に登り、一匹の大きな蛇を捕らえ、天皇のお目にかけた……」

「すると、その大蛇は」千鶴子が話を受けて続ける。「まるで雷のような音を立て、目を爛々と『赫赫《かかや》』かせたので、天皇は恐れおののいて隠れてしまった――。ちなみに、この『蜾蠃』という名前は『ジガバチ』という、虫を捕らえて幼虫の食物とする蜂の一種。『蜾』だけでも『ジガバチ』を表している。その場合『蠃』は『ナメクジ』『カタツムリ』『ヤドカリ』などを意味する言葉になる。あまり嬉しくはない名前ね。さて――」

千鶴子は雅を見て微笑んだ。

「大物主神と三輪山に関するこれらの三つの有名なエピソードの、どこかに『三輪山が神体山』と書かれていた？」

「えっ」

「現代文の解説や訳では、そう書かれているものもある。でも、本文にそんなことは書かれていない」

「本当ですか！」

「少なくとも、私の見た限りでは」

ということは――。

「やはり、江戸時代に山崎闇斎が言い出してから、三輪山は『神体山』になった。太古は、三輪山全体を『神』として見る思想はなかったということなんでしょうか」

「そういうことね」と千鶴子は微笑んだ。「これらのエピソードは、あくまでも大物主神が棲まわれていた場所が三輪山であったということ以上は書かれていない。だから、田中八郎もこう書いてる。

『神の住所はミムロ山だったというのだす。山が神だとは語っとりまへん』――と」

「でも……神様が棲まわれている山は、同時に『神体山』となるんじゃないですか？草木一本手にしてはいけない――」

禁足地、という言葉は呑み込む。

三輪山に「禁足地」という言葉は当てはまっていない。

「――神聖な山」

「神聖な山、という言葉はそのとおりね」千鶴子は答える。「でも、その理由は『山』自体にはない。あるとすればもちろん大物主神、つまり山頂の『磐座《いわくら》』。今の田中さんも、

『これは岩石信仰であって山そのものの祭祀ではおまへんで。山の土そのものに霊力があるとされた天香具山《あまのかぐやま》とは異なりまっせ』

と言っている」

「……山頂の『奥津磐座《おきついわくら》』ですか」

「それもそう。でも、さっき気がついたの」千鶴子は大神神社境内図と、三輪山登拝案

内図を雅の前に広げた。「もちろんこの山は、何といっても標高四百六十七メートルの奥津磐座がメインだけど、登拝途中、標高三百六十四メートルの場所にも『中津《なかつ》磐座』がある。そして『奥』『中津』とくれば、当然『辺津《へつ》磐座』もある。神社境内にも、摂社として『磐座神社』が鎮座しているけど、三輪山の麓には、辺津磐座が点在していると書かれてる。つまり、これらの『磐座』こそが、三輪の神・大物主神と、その一族関係者というわけ」

「磐座が……ですか」

「そうよ。つまり三輪では、今あなたが言ったように『山』自体を崇めていたわけではなくて、山に鎮座されている『磐座』を、神として奉斎していた。ところがそれが、山崎闇斎のころから本末転倒になってしまった。『神』本人ではなく、その神がいらっしゃる家や祠を『神』として祀るようになって、肝心の『神』は、人々の視界から外されてしまった」

「どうしてそんなことが？」

「その理由に関しては、何となく想像がつく」

「それは？」

「でも、文献も証言も何もないし、ついさっき思いついた考え」

「聞かせてください！」

ぐっと乗り出す雅を見て、千鶴子は口を開いた。

「闇斎の垂加神道は、あくまでも天照大神への信仰を、その子孫である天皇家が受け継ぐという理論が柱になっている。ということは、逆に言えば、その他の神は邪魔だったんでしょうね。特に、天照大神と肩を並べるような立派な神は、積極的に排除すべき存在だった」

「排除……」

でも、と千鶴子は笑う。

「闇斎に関して今はここまで。また機会を改めて、きっちり検証してみましょう」

「はい……」

「そういうことで」と千鶴子は、食事も片づいてすっかり広くなったテーブルの上に、再び地図を広げた。「三輪山は必ずしも神体山とは言えず、また朝廷の人々が山頂に祀られている大物主神に恐れを抱いていたために、大神神社や狭井神社の拝殿が三輪山山頂を向いていないというところまでは判明した。そうなると結局、先程来の話に戻るわけね。『拝殿は、どこを向いているのか？』あるいは『どうして東を向いているのか？』という」

「実は意外と単純に……太陽が昇ってくる方を向いている、とか？」

「その可能性も、もちろんゼロではない。実際に、夏至や冬至の日の出の方角に向いている鳥居も存在している。でも、それなら最初からそう言えば良い。三輪山の山脈《やまなみ》を経由して、日の出の方向を見ていますと」

それはそうだ。

わざわざ「三輪山を拝んでいます」と言う必要はない。

さあ、と千鶴子は言った。

「ここまで来たんだから、もう少し考えてみましょう。さっきのあなたの説も、とっても面白かった。残念だったけど、かなりわくわくした」

「いえ、そんな！」

「本当よ」千鶴子は微笑んだ。「ああ。あと、さっき思ったんだけど、やっぱり、大神神社から長谷寺や素盞雄神社を拝むと考えたのは、間違いだった気がする」

「どうしてですか？」

だって、と千鶴子は答える。

「実際に訪ねてくれば良いから。紀貫之や玉鬘《たまかずら》たちのように。そして、私たちのように」

「ああ……」

言われてみれば、確かにそうだった。

これが、三輪山登拝や他の神体山登拝であれば「遥拝《ようはい》」――遠くから拝礼するというのは分かる。さまざまな事情で登拝が叶わない人々にとっては、そうするしかない。

しかし長谷までなら、最初から計画しておけば、決して不可能な距離ではないし、実際に多くの人たちが訪れている。

「そういうことでした……」

照れ臭そうに応える雅に、

「だから、もう少し」千鶴子は楽しそうに笑った。「それに私たちは、今まで誰一人言及すらしていない未開の地に足を踏み込んでいるんだから。もう、戻れないわよ」

「はいっ」

頷く雅の前で、千鶴子は地図に視線を落としたが——。

ふと思って、雅は尋ねた。

「この、大神神社からの東向きの線をずっと延ばしていくと、どの辺りまで行くんでしょう？」

「この地図では分からないけど、伊勢まで行くわ」千鶴子は顔を上げた。「ちょっと待ってね」

千鶴子は立ち上がると、店員に地図帳があるかと尋ねた。するとその彼女は、店に備え付けてある奈良の観光案内を指し示したが、できれば日本全図を見たいという千鶴子の我が儘なリクエストに応えて、店の奥から大きなドライブ・マップを持ってきてくれた。それを受け取って戻ると千鶴子は雅の前に広げ、大神神社を出発点にして、北緯三十四度三十分ほどのラインをたどる。

するとそのラインは、伊勢というより松阪《まつざか》辺りに通じていた。

「見て」千鶴子は言う。「伊勢神宮より少し北ね。二見興玉《ふたみおきたま》神社の方が近い」

「興玉神社は、猿田彦神が祭神じゃないですか!」雅は叫んだ。「しかも、伊勢神宮をお参りする際には、まずこの神社からといわれています」

そうね、と千鶴子は冷静に応える。

「でも、ここも違う」

「えっ。どうしてですか?」

「二見興玉神社の創建は、天平《てんぴょう》年間——西暦七〇〇年代といわれている。第四十五代・聖武《しょうむ》天皇のころ。だから大神神社より、ずっと新しい」

「えっ……」

「ちなみに、伊勢神宮も同じ。天照大神が、第十代・崇神《すじん》天皇によって朝廷を追い出されてから、六十年あるいは九十年ともいわれる流浪の末に、ようやく現在の地に落ち着いた。年代が違いすぎる」

「そうですね……」

例の三ツ鳥居を持つ大神神社摂社の檜原神社が、天照大神が遷《うつ》り住まわれた最初の場所「笠縫邑《かさぬいのむら》」であるといわれ、神社も「元伊勢」を名乗っている。つまり、伊勢神宮よりも古い神社が、大神神社摂社となっていることになる。

「――ということを確認しておきたかったの」千鶴子は言った。「こちらも、方角的には間違っていないけれど、やっぱり年代が合わないわね」

「確かに……」

雅は力弱く頷いたが――。

大神神社は、間違いなく日本最古の神社の一つだ。

ということは、その神社が創建に際して奉拝する社など、あり得ないのではないか？ 先ほどの素盞雄神社ではないが、大神神社ほどの規模の神社が、遠くにある小さな祠を奉拝するなどということは考えられないだろうし……。

千鶴子に向かってそんなことを言った雅に、

「私も同じことを考えた」千鶴子は口を開いた。「年代的に仏閣は論外として、神社だって存在するかどうか微妙なところだものね。となると、ひょっとして……それ以外のモノなのかもしれない」

「それ以外というと――」

「今は分からない。あなたは何か思いつく？」

雅は首を横に振った。

いつもならば、こんなときには御子神に相談してしまうのだけれど、今日は（御子神嫌《いや》いの）千鶴子と一緒にいるので、今ここで電話をかけて相談するのも憚られる。この楽しい雰囲気を壊したくない。

雅は、もう一度地図に視線を落として尋ねる。

「とすれば……単純に太陽の昇る方向、あるいはやっぱり伊勢なんじゃないですか？　創建は大神神社の方が古かったとしても、その当時はまだ、今のようにきちんとした拝殿がなかった可能性も高いですし。たとえばの話なんですけど、伊勢神宮が創建されてから、改めて大神神社も拝殿を建造したとか」

「伊勢神宮を遥拝するために？」

「はい」

「可能性はゼロとは言えないけれど、どうかな……。それより、ちょっと待って」千鶴子の目が光った。「伊勢といえば――すぐこの近くを、初瀬《はせ》街道が通っている。現在は国道とほとんど一緒になっちゃってるけどね。でも、この街道の別名は『伊勢街道』っていうの」

「伊勢街道、ですか」

「今の話じゃないけど、このままずっと伊勢神宮まで通じているから」

「本当に通じているんですね！」

「大神神社から伊勢までは百キロほどあるはずだし、当時の交通事情を考えればとても危険で、文字どおり命懸けの気が遠くなるような道程だわ。でも、実際に歩いて参拝した人々も大勢いたという」

「じゃあ私たちも、もう少し伊勢方面に行ってみましょうか」

「いいえ」千鶴子は地図を見ながら、首を横に振った。「私は、逆に戻ってみようと思う」

「戻る？」

「ここから東は、どんどん深い山になるし、街道も大きく迂回してる。気になる場所もないことはないんだけど、むしろ桜井や三輪に戻った方が、何かを見つける可能性が高いんじゃないかな。大神神社から遥拝するにしても、そんなに遠くを望んではいなかったろうし」

「そうですね。じゃあ、千鶴子さんのおっしゃるとおりに」

雅も素直に同意して、二人は食事の会計を済ませるとタクシーを呼んでもらう。ここから桜井まで初瀬街道を行くと、十キロ以上あるので（時間がたっぷりあるときなら、きっと楽しいだろうが）今は歩いて行く余裕はない。また、タクシーならば少し離れた場所にあるような史蹟もまわってもらえる。

タクシーがやってくるまで、雅たちは店の人が注いでくれた番茶を飲みながら座って待つ。

〝そういえば……〟

雅は、さきほど途中になってしまった話を思い出した。「禁足地」に関してだ。千鶴子は、その名称は「曲者」だと言った。

どういうことだろう。

そう思って改めて尋ねると、千鶴子は軽く頷いて口を開いた。

「日本各地に、この『禁足地』は数多く存在している。大抵が神坐す場所で、立ち入り禁止になっている。確かに『禁』という文字は『聖俗を分かつ』という意味があるから、神と人とを分ける、つまり交わらないという点では正しい。でも、さっき言ったように『禁足』を辞書で引いてみると――」

「『広辞苑』では『外出を禁ずること。また、その罰。足留め』でしたよね」

そう、と千鶴子は首肯する。

「その他でも『一定の場所から外へ出るのを禁止すること』『外出を禁止すること』などなど、となってる。つまり、入れないのではなくて、そこから出られない」

それが不思議だったのだ。

雅は、今まで「禁足地」といえば「立ち入り禁止」というイメージしかなかった。それが「外出禁止」？

「どういうことなんでしょう」

身を乗り出す雅に、千鶴子は静かに続けた。

「たとえば……そうね。この辺りにある最も有名な『禁足地』は、天理市《てんり》に鎮座している石上神宮《いそのかみ》の本殿周囲かな。あなたは、石上神宮の名前を聞いたことがあるでしょう」

「はい！」

聞いたことがあるどころの話ではない。

石上神宮は、神武朝《じんむ》から続いた武門の頭領・物部氏《もののべ》の総氏神《そううじがみ》で、大神神社同様、日本最古の神社の一つといわれている。

神体は御神剣で、そのうちの一本は、かの素戔嗚尊が八岐大蛇《やまたのおろち》退治に用いた十握剣《とつかのつるぎ》ともいわれている。さらに神社には神宝として、古墳時代の両刃の剣で国宝の「七支刀《しちしとう》」を納め、何といっても驚嘆するのは、あの「十種の神宝《とくさのかんだから》」を祀っていることだ。

「十種の神宝」は、物部氏の始祖とされる饒速日命《にぎはやひ》が天降った際に、天つ神から授けられたといわれる神宝で、

「息津鏡《おきつ》」「辺津鏡《へつ》」「八握剣《やつかの》」「生玉《いくたま》」「足玉《たる》」「蛇の比礼《へびひれ》」「品々物の比礼《くさぐさのもの》」……などの十種。

もし体調不良などに陥った際には、この神宝を祀り、

「一《ひと》、二《ふた》、三《み》、四《よ》、五《いつ》、六《む》、七《なな》、八《や》、九《ここの》、十《たり》と謂《い》ひて布瑠部《ふるべ》。由良由良《ゆらゆら》と布瑠部」

と唱えれば「死人《しにびと》も返生《よみがえり》」——と伝えられている、三種の神器のもとになったともいわれる「天璽《あまつしるし》」だ。

雅がそんな話を伝えると、

「そういえば」千鶴子は目を細めた。「石上神宮も、もともとは本殿がなかったわね。現在の本殿は、大正《たいしょう》時代になってから造営されたもので、それまではこの『禁足地』を拝んでいたという」

「禁足地を？」

「せっかくだから帰りに寄ってみましょう。念のために、ちょっと説明しておくわね」

「お願いします」

「石上神宮拝殿の背後には、『布留社《ふる》』と刻まれた剣先状の石製の背の高い瑞垣がぐるりと立ち、約千三百平方メートルの土地を取り囲んでいる。ここが、神宮で最も神聖とされる『禁足地』」

「剣先状の石製の瑞垣……って、とても珍しいですね。想像しづらいです」

「つまり——」

そこまで言って、千鶴子は突然眉をひそめて口を閉ざした。

「……どうしたんですか？」

尋ねる雅に、

「ええ」千鶴子は、肩を竦めながら答える。「どんな形か、あなたに例を挙げて説明しようとして、気がついた。文字が刻まれた——描かれた、剣先状の背の高いもの。つまり、まるで卒塔婆《そとば》のようだと」

「えっ」

「これは、さすがに偶然でしょうけどね」千鶴子は苦笑すると、続ける。「とにかくこの場所が、古来『石上布留高庭《いそのかみふるのたかにわ》』あるいは『御本地《ごほんち》』『神籬《ひもろぎ》』などと称えられてきた重要な場所。そして現在、ここに本殿が建っている」

「ということは……」雅は眉をひそめる。「御神体の神剣を、そこから外に出さず、閉じ込めておくというわけですね」

「神剣と、それに伴う神々もね。素戔嗚尊や饒速日命の霊魂を。つまり、この場合の『禁足』は『禁錮』と一緒。それを後世の誰かが——おそらくわざと——人々の『立ち入り禁止』と言い換えた。だから、そんな意味は辞書には載っていない」

「でも」と雅は尋ねる。「外に出てほしくないほど恐ろしい神のいらっしゃる場所だから、一般の人々は立ち入らない方が良いという意味かも……」

「無関係な一般の人々はね」千鶴子は雅を見た。「しかし、それに伴って、氏子たちの立ち入りも禁じたのよ。おかげで、その神を奉斎していた人々も、直接は会えなくなってしまった。自分たちの先祖の墓地を、立ち入り禁止にされたようなものね」

「そういうことですか……」

三ツ鳥居——三輪鳥居と同じ。

神の通行を禁じると共に、人々の出入りも不可能にする。

「『常陸《ひたち》国風土記』行方《なめかた》郡の条に、こんな話が載っている。大学の講義でもあったかもしれないけど――」

と前置きして、千鶴子は言った。

「そこには『夜刀《やと》の神』と呼ばれる蛇神が棲んでいて、田畑を荒らしては人々を苦しめていた。やがて、武力に長けた氏族がやってきて、この神を懲らしめた。その後、神を山上に追いやると麓に大きな杖を立てて、ここから上は神の土地とすることを許すが、この境界を越えて降りてくるなと命じた――。つまり、結界を張ったわけね。そして、その結界を越えてやってきた神々は、全員打ち殺すぞ、と」

雅も、もちろんこの話は知っていたが……。

考えれば、嚴島神社と同じだ。

市杵嶋姫の怨霊を山に追いやって「不明門《あかずの》」を閉じ、二度と麓へは来させないようにして、彼女を永遠に島に居着《いっ》かせた。それが「いつく島」。

そういえば水野は、講義でこのエピソードに触れたとき、

「これが『祀り上げる』という行為の本質です。実に恐ろしい話ですね」

と言っていた。

それを聞いたとき、雅は一体何が「恐ろしい」のかピンとこなかった。しかし今、よ

うやく理解できた。本当に「恐ろしい」のは怨霊神などではない。

人間だ。

もっと言えばこの場合、夜刀の神は実際に田畑を荒らして人々を困らせていたのだろうか？　単なる言いがかりで、朝廷の人々が攻め込んできただけではないのか。ちょうど「桃太郎」の鬼退治と同じように……。

雅が考え込んでいると、

「お車が来ましたよ」

店の人が、微笑みながら声をかけてくれ、雅たちは荷物をまとめて立ち上がるとお礼を述べ、タクシーに乗り込んだ。


運転手は、愛想の良い初老の男性だった。関西方面を転々と移りながら働いているので、時々変な訛りが入るけど気にせんといてください、と笑いながら挨拶された。

「では」と千鶴子が言った。「初瀬街道を、桜井までお願いします。途中、いろいろな神社などを見てまわりたいので、その間は待っていてください。あと、旧初瀬街道に行かれれば、できるだけそちらを」

はいはい、と運転手は応える。

「旧街道ね。ただ、車がやっと一台通れるような道で、対向車が来たらアウト。ガードレールもないから、気をつけないとそのまんま畑の中に落ちてまうけど」

本気か冗談か分からずにポカンとしている二人を、バックミラーで覗くと、

「じゃあ、まずは十二柱神社でよろしいか」

「お願いします」

「ほな、出発しましょ」

運転手はアクセルを踏み込むと、門前町を後にしながら二人に尋ねてくる。

「若い女性お二人で、どこから来なはった？」

「彼女は東京です。私は京都から」

面倒臭そうに答える千鶴子を見て、さらに訊く。

「今日は、長谷寺にお参り？」

「その前に、大神神社に行きました。その後で、こちらへ」

「そりゃあ、ご苦労さんでした！　両方とも大きいから、見応えがあったでしょ。長谷寺の近くの、與喜《よき》天満は？」

「そちらは行きませんでしたけど、玉鬘社と素盞雄神社はお参りしました」

ありゃあ、と運転手は変な声を上げた。

「ずいぶんと、マニアックな所を――。じゃあ、これから初瀬街道に入りま。今はこんな立派な国道になっとるけど、この辺りは『「万葉集」の故郷』とか『「万葉集」発祥の

地』なんていわれとって、なかなか風情のあった所やでね」

「『万葉集』ですか……」

反応した雅を見て、運転手は我が意を得たりとばかり口を開いた。

「というのもね、後で寄りますけど、この先に白山《はくさん》神社ちゅう神社がありまして、そこが第二十一代天皇の雄略《ゆうりゃく》さんの皇居跡だというんですわ。それで『万葉集』の一発目の歌は、雄略天皇さんの歌でしょう。だから、『「万葉集」発祥の地』になったゆうことです。知らんけど」

「籠《こ》もよ　み籠持ち――」

いきなり千鶴子が暗唱した。

「堀串《ふくし》もよ　み堀串持ち　この岳《おか》に　菜摘《なつ》ます児　家聞《いえき》かな　名告《なの》らさね　そらみつ
大和の国は　おしなべて　われこそ居《お》れ　しきなべて　われこそ座《ま》せ　われこそは　告《の》
らめ　家をも名をも――」

それを聞いてポカンとした運転手は、改めて千鶴子の顔を見直した。

「凄うおまんな！　大学の先生？　それとも有名な学者さん？」

そんな、と千鶴子は苦笑する。

「単なる、歴史好きな素人です」

「素人って……。いやあ、大したもんや」

うんうん、と感心しながらハンドルを握る運転手をよそに、千鶴子は雅を見た。

「あなたはこの『名告』る、という言葉の意味を知っているわよね」

「はい」雅は頷く。「この時代、自分の名前を相手に教えるということは、結婚を前提とした行為になります。というのも、名前には、その人間の霊魂がこもっていると考えられていたからです。それを相手に告げるというのは、自分のすべてを預けるのと同様なので、この場合は、雄略天皇による求婚の歌になります」

しかも、と千鶴子が補足した。

「自分は『名告』るぞという言い方は、相手に対する脅しに近いわね。今だと、パワハラ&セクハラ」

「確かに！」

雅が笑っていると、

「そういえば」と運転手が再び口を開いた。「この辺りには、もう一人、第二十五代天皇の武烈《ぶれつ》さんの皇居もあったんです。そう考えると、この辺りは昔、かなり重要な場所だったんやね。理由は知らんけど」

運転手の言葉に千鶴子は雅を見て軽く頷き、雅も無言のまま頷き返す。

その理由は単純。

それは、この地方から豊富に産出された鉄や水銀だ。それらが潤沢に得られた土地だったからこそ、雄略天皇たちはこの場所を選び、自らの宮城を建てた。

まさに「青丹良し」だ――。

雅が納得していると、千鶴子がバッグから、年季が入ってボロボロになっている『古事記』を取り出し、パラパラとめくった。途中で、バラリとほどけてしまうんじゃないかと心配したが、

「武烈天皇」千鶴子はページを開くと読み上げた。「『小長谷若雀命《おはつせのわかさざき》、長谷の列木宮《なみきのみや》に坐《いま》して、天の下治《し》らしめすこと捌歳《やとせ》なりき』

確かに『小長谷』という名前ね」

すると、

「ほれ」と運転手は指差した。「あっこに何やら立ってますわ。停めましょか」

見れば道路脇に、説明板のようなものが見える。もちろん、雅たちは車を停めてもらう。降りると早速、板に書かれている文字を追った。そこには、

「武烈天皇泊瀬列城宮《はつせのなみきのみや》伝承地」

とあり、
武烈天皇は、小泊瀬稚鷦鷯天皇《おはつせのわかさざきのすめらみこと》とあり、仁徳《にんとく》天皇の大鷦鷯《おおさざき》と対《つい》の名をもつ。これは、仁徳の皇系が武烈天皇で絶えるため、仁徳を聖帝、武烈を暴君として描くのと同じ考え

方であろう。武烈があまりの悪政非道な政治をしたから、仁徳の皇系は絶えたことを記紀では強調しているが、実際のところはわからない。壇場《たかきみくら》を泊瀬列城に設けたとあり、初瀬谷の中央、この出雲の地あたりかと考えられている。

桜井市教育委員会

と書かれていた。

出雲……？

この辺りにも、京都と同じように「出雲」と呼ばれる地があったのか。ちょっと引っかかるが、次の説明板に視線を移す。

泊瀬列城宮伝承地

泊瀬列城宮は、第二十五代武烈天皇が営んだ宮です。宮のあったとされる初瀬谷は、大和の国から伊勢・東海方面へ通じる古代の主要道となっていました――云々。

とあった。

この近辺に、武烈天皇の宮城があったことは間違いないらしい。

すると、説明板に視線を落としたまま、千鶴子が言う。

「『古事記』の解説にも、武烈天皇は『書紀』などでは『数々の暴虐を働く残忍な悪帝として描かれている』と書かれている。でも、ここにあるように、仁徳の皇系云々という話もそうだろうけど、次の継体《けいたい》天皇の皇位継承も大きかったと思う」

「それは？」

尋ねる雅に、千鶴子は答える。

「継体天皇で、皇統が変わったのではないかという説があるから。つまり、新しい系統——血統の朝廷になった」

その話は、雅も聞いたことがある。

万世一系といいつつも、実は何度か皇統が変わっているのではないか、という説。ただし、決定的な証拠が提出されないまま今に至っているようなので、そちらに関しては何とも言えなかった。

「でも、これを見ると」千鶴子が続けた。「継体王朝交代説も、ひょっとすると正しいかもしれないわ。というのも、新しい王朝に代わるときって、以前の時代や王は、必ずといってよいほど散々に叩かれ、悪口を言われる。これほどひどい王朝だったからこそ、我々が取って代わったんだ、という意味で」

雅は無言で頷く。

これは、決して遠い昔の話ではない。

百五十年ほど前の明治維新に際しても、徳川家が酷評された。民を苦しめ、天皇の意志とは異なり外国と交易を始めた。だから我々が彼らに取って代わったんだ、と言わんばかりに――。

「行きましょう」

千鶴子に促されて、雅たちは再びタクシーに乗り込む。

すると。

走り出した車の窓から何気なく窓の外に視線を移したとき、雅の目に一枚の標識が目に飛び込んできた。

心臓が、ドクンと大きく波打ち、二度瞬きする。

しかし、見間違いではなかった。

「千鶴子さん！」雅は叫んでいた。「あれをっ」

考え事をしていた様子の千鶴子は、

「え？」と応えると、雅の指さす方向に目をやる。同時に、千鶴子の背すじがピンと立った。そして呟く。「出雲……」

その言葉に、雅は無言のまま何度も頷いた。

土地の標識にも、さらにバス停の名称にも「出雲」とあった。

声を上げる二人をバックミラー越しに見て、

「ああ」と運転手は言った。「この辺りの地名やね。出雲って。大字《おおあざ》出雲」

「で、でも、どうして――」

尋ねる雅に、

「さあ……」運転手は、前を見つめたまま答える。「昔っからだから、何とも言えませんわ」

「昔から？」

「そういえば、今から行く十二柱神社に祀られてる、野見宿禰《のみのすくね》って人も、立派な人だったって聞きましたけど」

「野見宿禰！」

「日本で初めて相撲を取った人ですよ。聞いたことおまへんか？」

聞いたことも何も――。

運転手の言うとおり、出雲を代表する人物の一人ではないか！

垂仁《すいにん》天皇七年七月七日。

天皇に呼び出された宿禰は、当麻蹶速《たぎまのけはや》と相撲を取り、蹶速の腰骨を蹴り折って勝利した。その後、宿禰は天皇崩御に伴う殉死を止めさせ、代わりに埴輪《はにわ》を埋めるように提案し、その功績を称えられて「土部《はじべ》」の職に就き「土師臣《はじのおみ》」の姓を賜った。そして子孫には、先ほどから名前が出ている菅原道真がいる――。

啞然とする雅たちの前で、運転手は続けた。

「宿禰さんが相撲を取ったゆう場所は、巻向《まきむく》の相撲神社といわれとって、今もその跡が残ってますわ」

「巻向の相撲神社ですか……」

ええ、と運転手はハンドルを握ったまま頷いた。

「一回だけ行ったことがありますけどね、山の中にある小さな社……ちゅうか、祠のような神社だったですわ。境内も狭くて、夏だったから草ぼうぼうで、ここでほんまに相撲なんか取ったんかいな、って思いましたわ」

「当時の相撲は、現在とは全く別物でしたからね」千鶴子が言った。「観客は朝廷の貴族たちだけで、いわゆる殺し合い。どちらかが死ぬまで続けられた」

「ほんまかいな」

「相撲神社の鎮座している場所の地名をご存知ですか？」

「知っとりますよ。カタヤケシ」

「は？」雅は尋ねる。「かたや――」

「カ、タ、ヤ、ケ、シ」

「どういう意味ですか？」

「それは……知りまへん。昔から、そう呼ばれとりま」

「カタヤは」千鶴子が説明する。「『方屋』『形屋』で、相撲の取り手たちが控える場所、ということになっている」

「ケシ……は？」

当然、千鶴子は笑う。

「消し、でしょうね。控える場所を消す、不要になったということでしょう」

「えっ」

「でも私は、もっと直截的に『片や』だと思ってる。現在も使っているわ。行司が東西の力士を呼ぶときに口にする」

「ああ……」

雅は、大相撲の土俵上を思い出す。

片や、誰々。

此方《こなた》、誰々。

いつも耳にする呼び上げ——「触《ふ》れ」だ。

そして、その「片や」を「消す」というわけか。

雅の顔がこわばったとき、

「さあ、着きましたで」運転手が大きくハンドルを切り、車を駐車場に入れた。「ほな、私はここで待ってますので、ゆっくり見学してきたってください」

明るい笑顔に背中を押されるように、雅たちはタクシーを降りた。

駐車場から十二柱神社正面にまわり、なだらかな石段を登って石鳥居をくぐる。すると、鳥居の左右に置かれた出雲式の狛犬の台座の下に、何か石の置物のようなものがあった。鬼か夜叉か。そう思って近づくと、

「ここに説明書きがあるわよ」

千鶴子が手招きしたので、雅は足早にそちらに向かい、説明書きを読む。

十二柱神社

力士台座

相撲の開祖で埴輪の発案者として知られる野見宿禰は、この地の出雲の人とも伝えられています。

十二柱神社の境内入り口にある狛犬の台座には力士の人形型が使われています。縁の地ならではの趣向ですが、八体すべて形が異なっていて、それぞれが相撲の型に適っています。

とあった。

「悲惨ね」千鶴子は眉根を寄せる。「この八人の力士たちの姿が、相撲の型に合っていようがいまいが、そんなことはどうでも良い話。彼らがこうして何百年以上も、この場所――出雲と呼ばれた地で狛犬を支え続けさせられてきた事実に変わりはない」

「確かに……」

雅は硬い表情で頷いた。

二人はそのまま、正面に見える拝殿へと進んだ。屋根瓦を載せた拝殿後方には、朱塗り一間社の社殿がいくつも建っている。ここに十二柱――神世七代《かみよのななよ》の神と、地神《ちじん》五代の神が鎮座されているのだろう。

雅たちはお参りを済ませると、次に野見宿禰の五輪塔へと向かったが、その塔は雅の想像を超えて大きく立派だった。

説明板には「高さ二・八五メートル」とあり、塔の前には地元の人が供えたと思われる可愛らしい花が飾られていた。

その大きさはもちろん、何といっても特徴的なのは、塔の四面――石の前後左右のすべてに、一文字ずつ梵字が刻まれていたことだ。梵字一文字で一体の如来や菩薩や天を表すといわれているから、計二十体の仏たちが、この塔に刻まれていることになる。

ただ、この塔自体はそれほど古くはなく、鎌倉時代のものらしいが、説明板自体も擦れてしまっているし、もう一方の石に刻まれた説明書きは光に反射して読みづらい。

しかし、それらを何とか読み取ってまとめると、こんな感じだった。


野見宿禰は、垂仁天皇の命により三輪山の麓・巻向で当麻蹶速と闘い、これを斃したことは『日本書紀』にも記されている。その相撲跡であるカタヤケシは、現桜井市穴師《あなし》にあり、相撲起源の伝承地となっている。

その野見宿禰は、ここ出雲村出身の人物であり、古墳時代に殉死の悪習を中止させ、埴輪を造って殉死者の代わりとした——云々。


やはりここも、野見宿禰は島根の出雲出身ではなく、ここ大和の出雲村出身となっている。

ただし、日本各地どこでもそうだが、世に名を残した英雄を自分たちの地元に関連づけてしまう例はいくらでもあるから、きちんと冷静に検証しなくてはならないが——。

その時、

「あら？」千鶴子が、これもまた古い説明板の前で立ち止まった。「これは……」

千鶴子の顔色が、みるみる変わったので、雅も大急ぎでその説明板を覗き込むと、

〝えっ〟

思わず息を呑み込む。
説明板の文字をデジカメに収める千鶴子の隣で、雅はもう一度ゆっくりと目を通す。
そこには、こう書かれていた。

十二柱神社は「出雲ムラ」の村社。
大昔は、神殿がなく、「ダンノダイラ」（三輪山の東方１７００メートルの嶺《みね》の上にあった古代に出雲集落地）の磐座《いわくら》を拝んだ。
明治の初めごろまで、年に一度、全村民が「ダンノダイラ」登って、出雲の先祖を祀り偲《しの》んだ。一日中、相撲したり遊んだり、食べたりした（出雲ムラ伝説）
西脇弥之吉《にしわきやのきち》氏（当時83才）より聞く。１９６４年（昭和39年7月）
奈良県桜井市出雲
野見宿禰顕彰会

出雲の先祖を祀り偲んだ？
ダンノダイラ？
全く聞いたことがなかった。何なのだ、この名称は。

漢字にすれば「壇の平《だんだいら》」、それとも「段の平」か。ということは、山の中で広い壇のようになっている場所、それとも段々が広く平らになっている階段の踊り場のような場所？

よく分からない……。

さらに、そこにはこんなことまで書かれていた。

「出雲ムラ」の土人形《つちにんぎょう》

明治のはじめ頃まで「出雲ムラ」あげて土人形作りをしておった。（中略）当時の出雲ムラの地場産業で、ムラは大いに賑わっていた。（日本古代史の周辺——金谷克己《かなたにかつみ》著より）その古作品が近年、相次いで発現している。

ということは……。

野見宿禰は、ここ「出雲村」出身の人間で、だからこそ彼の生み出したという埴輪の技術が、延々と受け継がれてきているというのだろうか——？

半ば茫然としながら、雅は千鶴子の後に続いてタクシーに乗り込む。運転手は車を出しながら「どうでしたね？」「何かおもろいもん、めっかりましたか？」などと問いかけてきたが、雅は収拾がつかず返答する余裕もない。

それでも千鶴子が「ええ」「はい。おかげさまで」などと返事をしていると、運転手が尋ねてきた。

「五輪塔は、ご覧になりましたかね？」

はい、と千鶴子が答える。

「とても大きくて立派な上に、すべての石の四面に梵字が刻まれていて驚きました」

すると運転手は、バックミラー越しに言う。

「あの五輪塔があったんは、もともとこの場所ではおまへんでした。説明板に書いてあったかも知らんですけど」

〝え……〟

擦れていて、よく読み取れなかった部分かもしれないと思って身を乗り出す雅に向かって、運転手は説明した。

「もうちっと東の畑の中にあった宿禰さんの塚の上に、乗っかってましたんや。ところが、江戸時代になると、お相撲さんたちが巡業でここらを通るときは、必ず宿禰さんの塚をお参りしたそうで。自分たちの始祖みたいなもんやからね。でも、それだけだったら良かったんやけど、そのお相撲さんたちを一目見ようと、大勢の人たちが集まってしもて、おかげで畑や道がドロドロのボロボロ」

運転手は笑った。

「それで、土地の人たちが怒って、今の場所に五輪塔を遷したそうですわ。それで、後から残った塚を発掘したら、埴輪やら、土器やら、勾玉《まがたま》なんかが、わんさか出てきたらしいです」

「その塚は」千鶴子が尋ねる。「どの辺りにあったんですか？」

「初瀬の方やね」

「長谷寺！」

千鶴子と雅は、顔を見合わせた。

もしかすると大神神社拝殿は、出雲族の英雄である野見宿禰の塚——墓を拝んでいる？

一見、年代が合わないような感覚があるが、しかし垂仁天皇の一代前、第十代・崇神天皇は、実は初代・神武天皇なのではないかというかなり有力な説があるから、この説のとおり、崇神＝神武であれば、少なくとも年代に関しての齟齬はなくなる。

しかし、

「いや」運転手は答えた。「もう少し手前ですわ。さっきの、武烈天皇さんの何とか宮の近くだと思いますね。確か、東中《ひがしちゅう》の近くって聞いたかなあ……」

しかしそうなると——。

かえって、先ほどのラインに近づくんじゃないか？

雅の胸は、再びドキドキし始めた。

ただ、まだ余りにも証拠が少ないし、野見宿禰一人を遥拝するために、わざわざ立派な拝殿を造るというのも動機が弱い。さっきの千鶴子の言葉ではないが、それこそ直接拝みにやってくれれば良いわけだから……。

雅がさまざまに思考をめぐらせていると、

「野見宿禰に関しての情報が欲しい」隣で千鶴子が、珍しく爪を噛んだ。「まさか、こんな展開になるなんて思っていなかったから、ほとんど何も手元にない」

「携帯で調べてみましょう」

「いえ」千鶴子は、目を閉じて首を横に振った。「インターネット以上の、深く繊細な情報が欲しいの。もっと根元的な部分に触れているような」

「そうですね……」

雅も同意したけれど――。

ふと思って、恐る恐る尋ねる。

「もし、よろしかったら……研究室に連絡を入れて訊いてみましょうか」

「えっ」

「今の時間だったら、御子神先生たちもいらっしゃると思います。フィールド・ワークの途中で情報が欲しいと頼めば、きっと教えてくれると思います。でも……もちろん、千鶴子さんと一緒にまわっていることは内緒で」

「そんな気を遣わなくても大丈夫」

千鶴子は笑った。

「じゃあ、電話してみてもいいですか？　研究室になら、間違いなく関連資料があるはずですから」

そうね、と千鶴子は雅を見た。

「あなたさえ良ければ、お願いする。ここで個人的な好き嫌いを言っている場合じゃないし」

「はいっ」

雅は頷くと携帯を取り出し、研究室の番号をプッシュした。

《諸行無常の天水《あまみず》》

『日本書紀』垂仁《すいにん》天皇七年七月七日——。

天皇のお側に仕える人が上奏した。

「当麻邑《たぎまのむら》に、当麻《たぎまの》蹶速《けはや》と申す、勇ましく強い男がいます。その男の力は、動物の角を折り、曲がった鉄を引き伸ばすほどです。彼は常に周りの人々に向かって、

『この世で、俺の力に及ぶ者はいないだろう。だが、どうにかして力の強い者に会い、命がけで力比べをしたいものだ』

と言っているようです」

垂仁天皇はこれをお聞きになると群臣たちに、

「当麻蹶速は天下一の力士《ちからびと》と聞いたが、これに比べられる勇者はいるか」

と尋ねられた。このとき一人の臣《まえつきみ》が進み出て、

「私の聞いたところによりますと、出雲の国に勇士《いさみびと》——野見宿禰という男がいるそうです。試みにこの人を召して、蹶速と立ち合わせたらいかがでしょうか」と提言する。

そこで、早速その日、倭 直《やまとのあたい》の祖《おや》、長尾市《ながおち》を遣わして、野見宿禰を出雲国から呼び寄せ、天皇の御前で当麻蹶速と力比べをさせた。

二人は相対して立ち、それぞれ足を高く上げて蹴り合った。ついに宿禰は蹶速のあばら骨を踏み砕き、さらにその腰を踏みくじいて、蹶速を殺した。それをご覧になった天皇は、当麻蹶速の領地をすべて没収し、ことごとく宿禰に与えた。

これが、その村に腰折田《こしおれだ》という地名がある理由である。その後、野見宿禰はここに留まって、天皇に仕えることになった——。

そもそも「宿禰」という名称は、地方豪族の名であり、人名に添えての敬称で、後の世の天武《てんむ》天皇十二年（六八四）に制定した「八色《やくさ》の姓《かばね》」では第三位の階級に当たるのだから、この時点で彼はすでに、朝廷から土地と地位と名誉とを与えられたことになる。

しかし、さらに宿禰の伝説は続く。

「埴輪《はにわ》」だ。

今度は『書紀』垂仁天皇二十八年の条——。

十月五日に天皇の母の弟・倭彦命《やまとひこ》がなくなり、十一月に埋葬した際に、近習《きんじゅ》の者たち全員を、生きながらにして強制的に陵内に埋めてしまったとある。殉死だ。

ところが、生き埋めにされた人々は昼夜にわたって数日間泣き続け、それも途切れて死んでしまうと、今度は犬や鳥があつまって腐肉を食い散らすという悲惨な状況に陥り、この惨状を知らされた天皇は、何とかしてこの殉死の悪習を止めさせたいと考えた。

その四年後の三十二年七月六日。

皇后・日葉酢媛命《ひばすひめ》がなくなり、天皇はその葬《もがり》に関して側近に相談された。すると野見宿禰が「君主の陵墓に人を埋め立てるのはよくないことです」と奏上し、出雲国の土部《はじべ》を百人呼び寄せ、埴土《はにつち》を以て、人や馬や器物を作らせ、これをもって生きた人間に代えることを勧めた。それを聞いた天皇は大層喜び、宿禰の意見を取り入れて、媛の墓を築造される。

これが「埴輪」であり、「立物《たてもの》」とも呼ばれた。

この功績によって、宿禰は土地を与えられ、土師《はじ》の職《つかさ》に任命され、土師臣《おみ》の姓を賜った。そして、これを機会に土師連《むらじ》たちが、以降の皇室の葬儀を受け持つことになったのだという――。

研究室の番号をプッシュすると、やがて、

「水野研究室」

という、聞き慣れた低く冷ややかな男性の声が耳に届いた。

御子神伶二《みこがみれいじ》だ。

やはり、いつもどおり研究室にいたらしい。

心の準備はしていたものの、急に緊張する。

「こ、こんにちは。橘樹《たちばな》雅です」じわりと冷や汗を浮かべながら挨拶する。「先日は、いろいろありがとうございました。今、ちょっとよろしいでしょうか？」

「……少しだけならば」

「ありがとうございます！　実は——」

と言って雅は、出雲を追いかけて奈良までやってきていること、今朝は大神《おおみわ》神社に行き、拝殿が三輪《みわ》山山頂を向いていないことを知った、と告げる。

「御子神先生は、この大神神社拝殿の件はご存知でしたか？」

「昔、何かで読んだ記憶がある。ただし、拝殿がどこを向いているのかは知らないがね」

「それで私たち——いえ、私。拝殿が向いている、東の方角に来てみたんです」

「ほう……。どこに？」

「長谷《はせ》です。といっても、長谷寺は余り関係がなさそうなんですけれど」

「それはそうだろうな。創建年代が全く違う」

「ええ。そこで今、近くをまわっているんですけど『出雲』を解明するために、とても重要と思われる情報をつかみました」

「それは？」

「つい先ほど、十二柱神社に行ったんです」

「野見宿禰か」

さすがに詳しい、と思いながら、

「はい」

雅は頷いた。

この土地では、野見宿禰は島根の出雲出身ではなく、大和出雲の生まれだと言い伝えられているらしい。しかも宿禰は、埴輪の製作なども含めて、出雲に関してのキーマン的な存在になりそうな気がする——と告げた。

すると、御子神は笑う。

「出雲人形にも関与している、という伝承があるからな」

「出雲人形？」

「そこまで足を運んで、出雲人形を見ていないのか。その地で作られていた土人形《つち》だ。相撲人形が最も有名だが」

「相撲人形！」

「江戸時代は、『唐辛子』と『出雲人形』を売る店で街道が埋まったというし、考古学者の金谷克己《かなたにかつみ》などは、『(大和の) 出雲村は昭和のはじめころまで、全戸が人形屋であった』という、少々大袈裟とも思われる発言をしているが、現実はそれに近い状況だったようだ」

十二柱神社の説明板に書かれていた人形のことじゃないか。さっき読んだばかり。

「そちらに関しては、すぐに調べます！　それで――」

肝心な話。

雅は、こんな展開を全く予想していなかったため、野見宿禰に関しての資料を用意してこなかった。インターネットなど、手元で調べられることも限られてしまう。そこで、申し訳ないのだが少しでも何か教示していただければ……と（ダメもとで）頼んだ。

すると、

「……分かった」御子神は了承してくれた。「そろそろ休憩しようと思っていたから、休みがてらに少しだけ話そう」

「あ、ありがとうございます」

という雅の言葉と重なるように、

「野見宿禰は――」

と御子神は口を開いた。

「『新撰姓氏録《しんせんしょうじろく》』や『続日本紀』天応《てんおう》元年（七八一）条などによれば、出雲国造《こくそう》の祖・天《あめの》穂《ほ》日《ひ》命の十四世の孫となっている。しかし、出雲国造家と野見宿禰との関係は、不明というのが事実だ。また、宿禰は出雲国飯石郡《いいしのこおり》野見郷の出身だという説もあるが、『出雲国風土記』の飯石郡の項には、野見郷という土地名の記載はない」

「……というと？」

「彼に関する最大の謎は」御子神は雅の言葉を無視して続ける。「やはり垂仁天皇七年七月七日だ」

「天皇の御前で、当麻蹶速と相撲を取った――」

「この歴史的なイベントに関して、池田雅雄《いけだまさお》と沢史生《さわしせい》が、はからずも同じような意見を述べている」

「それは？」

「『書紀』によれば、二人に相撲を取らせる――決闘させる勅命は、七月七日に出された。すると、使者がただちに出雲に飛び『即日に《そのひ》』野見宿禰を連れ戻り、当日中に決闘が行われたとなっている。そして、急な長旅でへとへとになっているはずの宿禰は、その命懸けの決闘に勝利した。文字どおり『神業』だ。つまり」

御子神は軽く嘆息した。

「このときの『出雲』が、島根の出雲だったとすれば、どう考えても物理的に不可能。つまりこの場合の『出雲』は『大和出雲』のことで、野見宿禰は、その国の人間だったのだろうということだ。そう考えれば、無理はなくなる。つまり、野見宿禰は長谷から都祁《つげ》地方にかけての『大和出雲』の豪族で、当麻蹶速は二上山《ふたかみ》から葛城山《かつらぎ》にかけての『葛城』の豪族だったのだろう、と」

「え……」

初めて聞いた。

でも、半ば呆然としながら考えると——。

その可能性は高い。

現在だって、島根の出雲から奈良まで、特急などを駆使しても、片道およそ六時間。往復の移動だけで十二時間だ。飛行機に乗ったとしても、その日の「決闘」に間に合うかどうか……。

現代でもそんなレベルなのだから、当時、その日のうちに戻れるはずはない。絶対に不可能！

「また」御子神は続ける。「池田雅雄は、当時の大和政権の力で、果たして島根県の出雲まで無事に行かれただろうか、とも言う。

『武力集団でもない小人数の一行が、他国の山河を渡ってはるばる困難きわまりない旅をしてまで迎えに行くことは想像できない』

とね」

ますます「確かに！」としか言いようがない。

この点に関して、今まで先の二人以外、誰も問題にしなかったのだろうか？

それとも、ほとんど神話の世界の話だからと片づけて『書紀』の説明を鵜呑みにしていたのか？

水野も知らなかったのか。いや、当然、知っていただろう。

では、一体どう思っていたのか……。

問い質してみたかったが、御子神は続けた。

「大和出雲には、明治初期まで壮大な古墳があり、その上には野見宿禰の、非常に立派な五輪塔が載っていた」

さっき見た五輪塔だ。前後左右に梵字が刻まれている――。

「そうであれば、宿禰の出生地は大和で間違いないだろうというのが、出雲村の古老たちの一致した意見だそうだ。ちなみに、この相撲――決闘に味を占めた朝廷は、各地から屈強な人間を徴発した。『万葉集』にも、天平《てんぴょう》二年（七三〇）四月、相撲部領使《すまいのことりづかい》を任命し、諸国へ相撲人のスカウトに出したことが記されている。これは余程、朝廷にとって有益なイベントだったんだろうな。もちろん、当麻蹶速が虚勢を張って増上慢になっていたなど、朝廷が勝手につけ加えた話だろう」

御子神は意味ありげに笑ったけれど――。

確かにそのとおりだ。

雅が納得したとき、タクシーは次の目的地、白山《はくさん》神社に到着した。祭神はもちろん、白山比咩《しらやまひめ》命。そして、菅原道真とあった。

今までは「道真」と聞くと、ただ単に怨霊神として祀っているのだろうと納得していたが、ここに祀られているということは、野見宿禰関連なのだろう。もちろん同時に、大怨霊として……。

御子神との話がまだ終わらないとみて、千鶴子は自分一人で参拝してくるから、というジェスチャーを雅に送った。

雅は頷くと、

「すみません」御子神に尋ねる。「次の目的地に着いたんですけれど、もう少しお話を伺いたいので、よろしいですか？」

「構わない」御子神は応えた。「話もまだ中途半端だし」

「それじゃ」雅は、タクシーを降りる千鶴子に〝よろしくお願いします〟と合図を送ると、御子神に言った。「申し訳ありませんけど、続きを」

「次に問題になるのは」何事もなかったかのように、御子神は続けた。「埴輪だ」

「埴輪？　殉死を中止させるために、宿禰が創造したという――」

「その話はあくまでも伝承の域を超えていない。先の池田雅雄によれば、

『この殉死に代わる埴輪の人形土器の新発明は、長年信用され、鵜呑みにされてきた。ところが大和地方の数多くの古墳から、今まで一体の人形埴輪も発掘されたことはなく、戦後になって考古学の見地から、宿禰の殉死埴輪説ははっきりと否定されるようになった』

ということになるし、端緒となった垂仁天皇皇后・日葉酢媛陵でも、埴輪人物像は影も形もなかったという」

「ええっ」雅は声を上げた。「だ、だって——」

「さらに、

『出雲人形は、野見宿禰の伝承地で、埴輪起源伝説にかかわりをもつだけに、その制作年代は太古の土師部《はにしべ》の頃からで、その子孫が作っているという、茫漠とした説をなす者も多い。しかしこれらの作品は、江戸時代以前にさかのぼることはできない』

ということだ」

「じゃあ、どうして——」

「考古学者の小林行雄《こばやしゆきお》によれば、これらの伝説は、陵墓の造営に携わってきた土師氏が同類の人々に埴輪の製作を依頼したり、今まで作られたことのなかった人物埴輪を製作したりした可能性はあるにしても、

『生きた人を死者に殉死させる風習にかえるという、人道的な目的をもって考えだされたことだというのは、氏祖（野見宿禰）の功績をいいたてて、自分たちの社会的地位をひきあげようとする計画からでたことであった』

と言い切っている。『続日本紀』によれば、やがて土師氏たちはもっぱら『葬祭』の『葬』ばかりを受け持たされるようになり、それに耐えきれなくなった子孫たちが、光仁《こうにん》天皇

の時代に朝廷に訴え出て、彼らの居住地の名称にちなむ『菅原』という姓を頂いたとある。その際に執った方策の一つだったんだろう」

「ああ……」

「しかし、どちらにしても彼ら——出雲族である土師氏が、埴輪や土器の製作に関わっていたことは間違いない。奈良を始めとして、大阪府・和泉《いずみ》や河内《かわち》などに存在する五世紀代の巨大な前方後円墳の地域には、土師氏の存在も確認されているようだからな。ちなみに、野見宿禰が、恩賞として拝領した土地に創祀した大阪府枚方《ひらかた》市の片埜《かたの》神社の主祭神は素戔嗚《すさのお》尊だ。彼はその地にも『出雲』を祀っている」

そういうことか。

雅は軽く頭を振った。

確かに御子神の話は、論理的に間違っていないように思える。

しかし、そうなると——。

「じゃあ、どうして『大和出雲』という名称が失われてしまったんでしょうか」

「『出雲国』という文字としての初見が、島根県の鰐淵《がくえん》寺観音立像だった。持統《じとう》三年（六九二）の台座銘だ。しかし当然ながら、この時代の出雲はすでに朝廷に組み込まれていた。一方、『古事記』では、継体《けいたい》天皇の条に『出雲郎女《いずものいらつめ》』という名前の皇女が登場している。もちろん彼女は、大和の『出雲村』に住んでいたことが分かる」

「それなら、尚更です！　何故ですか？」

「――しかしその後」御子神は雅の言葉が聞こえなかったかのように続けた。「三輪山周囲に広く存在していた『出雲』は、西暦一五〇〇年後半、天正《てんしょう》から文禄《ぶんろく》にかけて行われた豊臣秀吉《とよとみひでよし》の太閤検地によって、その名称が廃止になり、やがて徳川時代には綺麗に消滅してしまった。そのため、現在の桜井市出雲だけが、かろうじてその名称を留めるだけになった」

「え――」

雅は脱力した。

それが「大和出雲」の名称が歴史から消えてしまった理由？

本当なのか。

いや。

歴史を語り継ぐ重要な事実である地名や史蹟は、往々にして為政者の勝手な判断によって、あっさりと消し去られてしまうことは事実だ。それが恣意的なものか、偶々《たまたま》だったのかは別にしても。

だが、それを言ったら現代もひどい。長い歴史を持つ地名が、どんどん今風の名称に変えられている。しかも、漢字ならまだしも、カタカナやひらがなになってしまっている場所もある。これでは、地名に隠されている歴史を辿ることなど全く不可能だ。

「しかし一方、こんな伝承も残っている」

雅の思いとは関係なく、御子神は言った。

「長谷からもう少し奥まで行くと、都祁《つげ》という土地がある。『出雲』から北へ山越えして、十五キロほどの高原だ。ここからも古い土器が出るようだが、地元の人間は、都祁こそが『高天原《たかまがはら》』だと言っている」

「高天原って、天孫降臨の――」

「また、素戔嗚尊の八岐大蛇《やまたのおろち》退治伝説は、この地が発祥だと言い伝えられ、櫛名田比売《くしなだひめ》の両親である脚摩乳《あしなづち》・手摩乳《てなづち》も、きちんと祀られていた。そして都祁には、大神神社の奥の院が鎮座していたともいう」

「大神神社奥の院！　ということは、大神神社の本質、核となる部分がそこに――」

「そして現在、きみはそんな土地にいる。しっかりと勉強してきてくれ。では」

「あっ」電話を切られそうになって、雅はあわてて叫ぶ。「最後に、もう一つだけよろしいでしょうか！」

「……何だ」

「野見宿禰の『宿禰』という名称は、かなり上位の階級ですよね。神功《じんぐう》皇后時代の武内《たけしうち》宿禰のように。ということは、当時彼は朝廷にそれほど重用されていたということなんでしょうか？」

「……そういった名称や漢字に関しては」御子神は答える。「ぼくより詳しい人間がいるので、代わろう」

「えっ」

御子神が受話口から離れると、

「橘樹さん？」波木《なみき》祥子《しょうこ》の、相変わらず冷ややかな声が聞こえてきた。「何かしら」

「あ——」雅は、急いで挨拶する。「こ、こんにちは！　よろしくお願いします」

「だから、何？」

「は、はいっ」

雅が、今の御子神への質問を繰り返して伝えると、

「『宿禰』という名称は」祥子は静かに答えた。「あくまでも家筋の尊称であり、世襲的な職務担当にちなんでつけられた名称と考えられている。だから、垂仁天皇の時代と神功皇后の時代とで、価値観が同じという発想がおかしい。当然、その時代時代によって価値観や意味も変遷する」

「つまり、個人名称ではないということですか？」

もちろん、と祥子は答える。

「野見宿禰や武内宿禰が長生きしすぎではないかという疑問が出てくること自体がおかしい。家の首長である相続者が、そのあとを襲って名乗るわけだから」

歌舞伎や舞踊などの、何代目誰々ということだ……。

「しかも」と祥子は続ける。「野見宿禰の場合は、それが本名だったかどうかの保証はない。というのも、大和出雲には『野見』という地名もなく、また島根出雲からは、そういった人物が出ていない。どちらにしても架空の名前」

そういうことだ——。

「野見宿禰の本名は……分かりませんよね」

「もちろん、分からない。でも『野見』に関して、沢史生はこんなことを言っている。これは『叩頭《のみ》』『請罪《のみ》』だったんだろうと」

「叩頭《こうとう》……？」

「頭で地を叩く、あるいは頭を地面にこすりつけて拝礼すること。あるいは罪を認めて深く詫びること」

「罪って、宿禰は何も悪いことは——」

「最初は朝廷に従わなかったのかもしれない。大和出雲の大豪族ですからね。しかしやがて、ようやくのことで朝廷の命を聞くようになった。そこで、天皇側近の臣——『宿禰』を手に入れた。でもこれに関しても沢史生は、

『むしろ王権に根（恨み）を抱く（宿す）意味での宿根《すくね》が本来であったろう』

と言っている。それが垂仁天皇に『叩頭』——恭順を誓って功労が査定され『野見宿

禰』となった、と」

「え……」

「もともと『叩頭《の》む』という言葉には『相手に降伏を強いる』という意味も含まれている。『この条件を呑め』というような言葉と一緒」

朝廷は、本当にそんなことを？

いや、彼らのことだ。平気でこんなひどい名前を与える。

実際に後世、称徳《しょうとく》天皇の意に背いた和気清麻呂《わけのきよまろ》が別部穢麻呂《わけべのきたなまろ》に、姉の和気広虫《ひろむし》が別部広虫売《ひろむしめ》に改名させられて流刑の憂き目に遭っている……。

「そんなことより、橘樹さん」口を閉ざしてしまった雅に、祥子が尋ねてきた。「あなたは今、三輪にいるの？」

「はい、大神神社も参拝しました！」

「じゃあ『三輪』の名称の由来もご存知ね」

「はい！」

雅は答える。きちんと調べた部分。

活玉依毘売《いくたまよりびめ》は、自分のもとに毎夜通ってくる男性（大物主神《おおものぬし》）の素性を調べようとして、糸を彼の着物の裾に通し、翌朝それをたどると美和山（三輪山）の社まで届いていた。それ以降、男の姿は消えて、毘売の手元の苧環《おだまき》に「三勾《みわ》」の糸だけが残った。それからこの地を「三輪」と呼ぶようになった――。

「まさか」祥子は嗤《わら》った。「本当に、その話を信じているの？」

えっ、と雅は応える。

「ち、違うんですか？　でも、これは常識で――」

「三輪は」祥子は、雅の言葉を遮って言う。「『三勹』とも書く。『勹』は身をかがめている人の側身形で『ム』は骨の屈折、つまり屈肢葬《くっしそう》を表している。つまり『身罷《みまか》る』という意味で、神が身罷った山。それが、三輪山というわけ」

「そ、そんな！」

雅が叫んだときには、すでに御子神に代わっていた。

「頑張ってきてくれ」

御子神は静かにつけ加えた。

「金澤さんにも、よろしく」

「えっ」

「では」

電話が切れた――。

いちいち言わなくても、雅が千鶴子と一緒に奈良をまわっていることを、御子神は先刻承知だったらしい……。

＊

やがて戻ってくると、

「今から参拝してくる？」

と尋ねる千鶴子に雅は、

「時間が惜しいからここで遥拝するので、次の場所にお願いします」

と答えた。すると千鶴子は、デジカメで何枚か撮ったから、それを見ながら移動しましょうと答え、タクシーは白山神社を後にした。

「じゃあ、これを」

千鶴子は言うと、背の高い石碑の画像を見せた。車の中からも、チラリと覗いていた石碑だ。そこには、

萬葉集《まんようしゅう》 發燿讃仰碑《はつようさんぎょう》

と刻まれていた。

ここは雄略《ゆうりゃく》天皇の泊瀬朝倉宮跡地で『万葉集』発祥の地とされているらしい。

次の画像は、足元に置かれた石に刻まれている、雄略天皇御製の歌だ。こちらは、かなり擦れてしまっていて、きちんと読み取ることができないが、先ほど千鶴子が暗唱した『万葉集』巻頭の、

籠《こ》もよ　み籠持ち　掘串《ふくし》もよ　み掘串持ち　この岳《おか》に　菜摘《なつ》ます児――。

の歌だ。また、近くの説明板には、「雄略天皇泊瀬朝倉宮伝承地」とあり、桜井市教育委員会によれば、他の地が朝倉宮ではないかという説もあるが、立地的に考えてそれらは「宮」を営むのに適地とはいえない。故に、

「保田與重郎《やすだよじゅうろう》氏は、この白山神社付近をその候補地とし、雄略天皇の歌で始まる『万葉集』の発祥の地として、神社境内に記念碑を建立したものである」

とあった。

「雄略天皇は」千鶴子が口を開いた。「『宋書《そうしょ》』倭国《わこく》伝に『倭王武』として語られている人物といわれるだけあって『記紀』にも専制君主的なエピソードがたくさん載っている。『万葉集』の歌もそうだし、さっきの大物主神と少子部連蜾蠃《ちいさこべのむらじすがる》の話なんかも、その一

つね。まあ、このときは失敗してしまったけれど」

千鶴子は笑うと続ける。

「『古事記』によれば、

『大長谷若建命《おおはつせわかたけ》、長谷の朝倉宮に坐《いま》して天《あめ》の下治《し》らしめしき』

ということだけど、説明板にも書かれていたように、伝承地は何ヵ所かあるみたいね。でも、どちらにしてもここ、鉄と水銀が豊富な大和出雲——泊瀬に宮を造営したことは間違いない。ああ、そうだわ。雄略天皇と、さっきの野見宿禰で思い出したけど」

千鶴子はバッグの中から、ページが擦り切れそうになっている『書紀』を取り出し、パラパラとめくった。

「雄略天皇十三年九月の条。天皇は采女《うねめ》を召し集め、着物を脱がせると褌《ふんどし》一枚の姿にして、皆の前で相撲を取らせた。これが、わが国における『相撲』という文字の初見、といわれている」

それも、ものすごいエピソードだけれど——。

「初見は、垂仁天皇——野見宿禰と当麻蹶速のときではなかったんですね」

「そのときは『捔力』と書かれていて『和名抄』にも『今之相撲也』とあるから、多少は違っていたんでしょう。何しろ宿禰たちは『互いに足を挙げて蹴り合った』というんですから。そして必ず、相手か自分が命を落とすまで続けられた」

「足を挙げて蹴り合って、どちらかが命を落とすまで？」

そうよ、と千鶴子は答えた。

「相撲の語源は『素舞《すま》う』なんかじゃない。『争《すま》う』『拒《すま》う』、つまり『抵抗する・争う』『拒む』」

「え……」

「『広辞苑』などで『すまう』を引いてみれば、一目瞭然。これらの言葉の一番最後に『相撲を取る』が出てくる」

そういうことなのか。

雅も、当時の相撲はかなり荒っぽかったことは知っていたが、そこまでとは思っていなかった。一対一の、文字どおり命懸けの試合だったとは……。

「さて」千鶴子が視線を上げた。「次は、大和朝倉の近くにある『玉列《たまつら》神社』ですか？」

そうですね、と運転手は頷きながらバックミラー越しに答える。

「でも、その近くに『素盞嗚神社』ってのがありますよ。ちいっちゃな神社だけど」

「素盞嗚神社！」

雅は叫んでしまい、すぐに千鶴子を見ながら応える。

「ぜひ、そこに」

「了解しました」

運転手は答えて、車は初瀬川《はせ》を渡った。

長谷の「素盞雄神社」に続いて、こちらの「素盞嗚神社」も、やはり川向こうに祀られているらしかった。

細い道の向こうに、白い石鳥居が見えた。適当な場所で車を降りると、雅たちは鳥居をくぐり、延々と続く石段の参道を歩く。そしてその参道は、見事なほど直角に折れ曲がっていた――。

拝殿も本殿も、こぢんまりとしている神社だった。次に向かう予定の、玉列神社境外末社とあった。

参拝を終えて本殿を覗くと、さらにその後ろに磐座《いわくら》がある。

つまりここも、本殿というよりは「磐座」を祀っている神社ということになる。それが「素盞嗚神社」という名称？

どういうことだろう。

訝しみながらタクシーに戻ると、運転手がエンジンキーを回しながら言った。

「では『玉列神社』ですね。慈恩寺《じおんじ》ちゅうお寺さんの境内ですわ。ここも昔は、物凄う大きなお寺さんだったらしいですがね。知らんけど」

「お寺……」千鶴子が尋ねた。「そこは、お寺だったんですか？」

いや、と運転手は前を見たまま首を横に振る。

「むしろ、神社がメインだったみたいですわ。ほれ、何と言ったかな――」

「神宮寺《じんぐうじ》」

「それそれ。今、お寺さんはお堂だけになっとったんちゃうかなあ」

運転手は勝手に「うん、うん」と頷く。

昔はかなりの規模の神社だった――。

俄然興味が湧き始めた雅は、窓の外の景色に視線を移す。狭い旧道だが、一方通行ではないようだった。これでは運転手の言ったとおり、対向車がやってきたら、どちらも身動きが取れなくなってしまう。今までの国道とは比較にもならない。ガードレールもない、田んぼの畔道のような心細い一本道だ。

そんな雅の心配をよそに、タクシーは無事に玉列神社・慈恩寺の駐車場に到着した。

車を降りた二人は早速、古い石鳥居目指して歩く。すると鳥居手前に立つ社号標には、

官弊大社
大神神社
　　　　攝社玉列神社

と刻まれていた。

〝大神神社境外摂社？〟

雅は驚く。

おそらく本社からは、二キロ近く離れているはずだ。しかも、境外末社を持つ境外摂社——。

方角を確かめたいと思ったら、隣で千鶴子が地図を広げて覗き込んでいた。

「大神神社から見ると、南東になるわ。拝殿の向きとは何も関係なさそう」

またしても違った……。

千鶴子は歩き出し、雅も少し遅れてその後を進む。

すると運転手の言ったとおり、右手に「阿弥陀堂」が見えた。平安時代後期の阿弥陀如来像を安置しているそうだけれど、寺自体は、南北朝の争乱によって廃寺となってしまったらしい。

さらに進むと、長い石段の彼方に本殿の屋根と千木が見えた。しかし、そちらに移動する前に、まずは由緒書きに目を通す。そこには、

大神神社摂社
玉列神社御由緒略記
鎮座地　桜井市慈恩寺

祭神　玉列王子神
配祀　天照大御神
　　　春日大御神
例祭　十月十二日

由緒
御祭神玉列王子神は、御本社三輪の大物主大神の御子神で延喜式（延長五年　世紀九二七）神名帳にも見える初瀬谷に於ける最古の神社であります——云々

と墨書されていた。

なるほど、と雅は納得する。

主祭神が大物主神の御子。

とすれば ここも、かなり古い歴史を持った格式高い神社だ。

〝でも……〟

雅は、ふと思う。

さっきの、武烈天皇の「列城宮《なみきのみや》」といい、この「玉列」神社といい、他の場所ではあまり使われていなさそうな「列」という文字。そういえば——「武烈」の「烈」もそう

ではないか。

この「列」には何か、意味があるのだろうか？

後で千鶴子に尋ねてみようと決めて、雅は石段を登った。

拝殿前に立って神紋を見れば「尾長《おなが》右三つ巴」。水野に言わせれば、この「三つ巴」の神紋は「怨霊の紋」だそうだ。

もしもそれが本当ならば、この「玉列王子神」は——親神の大物主神と同様に——怨霊神。悲惨な運命を辿らされた神ということになる。もちろん、親神が素戔嗚尊たちと同様に、歴史に名を残す大怨霊神なのだから、玉列王子神も怨霊である可能性は高い。というより、おそらく怨霊と考えて間違いない。

また、この神社は「若宮」とも呼ばれていたというから、さらに怨霊説を裏づける。一見、大物主神の御子神だから、当然「若宮」で何も問題はないと思われがちだが、神社で「若宮」と名のつく社には、ほぼ間違いなく怨霊が鎮座しているからだ。

では、何故「若宮」と名づけられるのか……その詳しい理由はまだ分からないが、とても激しい怨霊を祀っているため本社の支配下に置いておくという意味がある、と書かれている文献も見た。

雅は深く拝礼した後、本殿を覗く。

一間社の社殿だったが、春日造檜皮葺《ひわだぶき》の屋根には、輝くように立派な男千木を載せていた。氏子の手が行き届いていることが感じられて、心から安心する。

その後、境内摂社の「金山彦神社《かなやまひこじんじゃ》」「愛宕神社《あたごじんじゃ》」そして「猿田彦神社《さるたひこじんじゃ》」をお参りした。すべて、鉄や踏鞴《たたら》製鉄に関連した神々の社ばかりだ。

帰りがけに「素盞嗚神社　遥拝所」と書かれた立て札が、何気なく立っているのを見つけた。

通常であれば、ここに「遥拝所」があるということは、玉列神社よりも、先ほどの摂社である素盞嗚神社の方が古くから鎮座していることになるのだけれど……あちらはあくまでも、玉列神社の境外末社だ。不思議だが、おそらく長い年月の間に歴史が縺《もつ》れてしまったのだろう。

唇を尖らせながらタクシーに戻り、桜井駅に向かってもらう。

タクシーは、そこまで。

だが、雅たちのフィールド・ワークは、まだ終わらない。再び桜井線に乗って、今度は石上神宮《いそのかみじんぐう》に向かうのだ。

タクシーが細い旧道をそろそろと出発すると、雅は早速さっきの疑問を千鶴子に投げかけた。

やけに「列」という文字を目にするが、これはどういうことなのか？

それとも単なる偶然なのか？

すると千鶴子は、

「あなたも、そう感じた？」雅を見て、楽しそうに微笑んだ。「武烈天皇の宮に関しては、周囲に立派な木々が多く立ち並んでいたから『並木』。それが『列城』という表記になったとされている。でも『列城』を『なみき』と読むのは、かなり無理がある。そう思って、以前に調べたことがあるのよ」

「そ、それで、どうだったんでしょう？」

まず、と千鶴子は言う。

「武烈天皇なんだけど、雄略天皇と同様に、この天皇に関しても数々の残忍なエピソードが『書紀』にある——。わずか十歳でこの地で即位され、翌年に皇后を迎えられたころから、天皇の残虐な行為が顕わになる。妊婦の腹を割いて胎児を眺めたり、人の生爪を剝いで山芋を掘らせたり、髪を抜いた人間を木に登らせてからその木を切り倒させたり、池の堤の樋《とい》に人を入らせて流れ出てくるところを矛で刺し殺したり……数限りない残虐行為を喜んだとされる。ところが——」

千鶴子は雅を見た。

「『古事記』には、そんなことは一言も書かれていない」

「じゃあ、それらはすべて『書紀』の創作？」

「どちらが正しいのかは、分からない。でも、さっきの雄略天皇と同じく、武烈天皇で仁徳《にんとく》天皇のもう一本の血統が絶えた。だから、前の朝廷の天皇をひどい悪人に仕立て上げるという、いつものパターンだったんじゃないかしら」

「そう……ですね」

「そこで『列』」

千鶴子は、今度は『古事記』を取り出して、武烈天皇の条を開いた。雅が覗き込むと、そこにはまるでメモ帳のように、細かい文字で何かがびっしりと書き込まれていた。

千鶴子はそのページに視線を落として読む。

「『字統』によれば『列』は『歹と刀とに従う』とある」

と言って「歹」の文字を雅に見せる。

「歹……？」

初めて目にする雅が首を傾げると、

「斬首よ」千鶴子は言った。「首を斬ること。つまり『列』は、刀で人の首を斬るという意味」

「えっ」

雅は息を呑み、運転手も無言のままチラリとバックミラーで覗き込んできたが、千鶴子は何事もないように続けた。

「『列』には『断首して、呪禁《じゅきん》としてその聖域の出入のところに埋める』という意味があるから、これは同時に、悪邪を防ぐ結界にもなる。また、中国古代王朝の殷《いん》では『断首坑』と呼ばれるものまであった」

「断首坑……？」

「落とした首と残った体を各十個ずつ、一つの坑中に埋めて、それを数列にわたって並べる。この慣習によって『陳列』という言葉まで生まれた」

「え……」

「また、熾烈や強烈の『烈』は、見たとおり『列』と『灬《れんが》』、つまり『火』だから、これは斬首した頭骨を『焚《や》く』という形になる。『列』よりも、さらに残酷ね」

　その話に驚きながらも、

「じゃあ！」と雅は尋ねる。「武烈天皇の列城宮は……」

　きっと、と千鶴子は目を細めた。

「そこには、正史に書かれていない、激しく陰惨な戦いがあったんじゃないかと思う。ただ単に、武烈天皇が妊婦の腹を割いたとか刺殺したとか、そんなレベルじゃないほどの——。また、今出てきた『裂』も同じ。激しく裂く、引き裂く、という意味だから。『字統』にも、こうあるわ。

『人の四肢を四馬に結んで、一時に四方に走らせる刑を車裂という。刑の最も残酷なるものである』——と」

「ああ……」

溜息しか出ない雅に、

「ということで」千鶴子は言う。「『玉列神社』の名称も、何となく想像がつくでしょう」

そうか。

怨霊神・大物主神の、御子・玉列王子神を主祭神とする神社。

しかも初瀬の地、最古といわれる神社。

もちろん「玉」は「魂」のことだから、

「つまり」雅は声をひそめて答えた。「首だけではなく、魂までも引き裂かれてしまった神――ということですか」

「そうね」千鶴子は頷いた。「公には、玉椿《たまつばき》の木が連なって植えられていたから『たま列』――なんて言われているけど、あなたの説で間違いないと思う。『烈』のように、落とされた首を焼かれはしなかったものの、体どころか魂まで引き裂かれた。具体的に何をされたのかは、想像するしかないけれど、おそらく肉親家族を全員殺されてしまったとか、あるいはそれと同様の仕打ちを受けた」

それで「玉列」……。

小さく呟いた瞬間、雅は思い出した。

この街道は、大阪から伊勢神宮まで通じているから「伊勢街道」と呼ばれた。とすれば、前回の京都で歩いた「出雲路《いずもじ》」は、実は単に京都の出雲郷を通っている道という意味ではなく、京の都の中心から伏見《ふしみ》、そして奈良を通って、この「大和出雲」に通じている路、という意味を持つ名称だったのではないだろうか。

そして、その「出雲路」を通って、大勢の出雲臣《いずものおみ》たちが、京の出雲郷へと連行されていったのではないか。「玉列」——魂を引き裂かれながら。

まさに「幸魂《さきたま》——裂き魂」じゃないか……。

そこまで考えたとき、閃いた。

この神社が大神神社摂社であるなら。

ひょっとして、拝殿が三輪山山頂に向いているのではないか？

雅は、その疑問を千鶴子に尋ねる。すると、

「そうね」千鶴子は、ハッとしたように答える。「拝殿前で方角を調べておけば良かったわ」

と言って額を軽く叩くと、地図を取り出した。

「でも……国道側からの細い道から境内に入ったから、拝殿はこの辺りとして……北を向いている」

「北ですか？」

「そして北には、あなたの言うとおりに三輪山が、その山頂には奥津磐座《おきついわくら》がある！」

「えっ」

雅は心の中で〝やった!〟と叫ぶ。

「じゃあ、やっぱり三輪山山頂を?」

「そうね」千鶴子は頷いた。「彼の親神が祀られている地。ということは、あの神社に参拝する人々は常に、玉列王子神と共に大物主神を遥拝していることになるわ。実に素晴らしい造りね」

感嘆している千鶴子の隣で、雅は確信した。

この地にある神社はこうやって、きちんとどこかを拝する形を取っている。とすると、やはり大神神社拝殿も同じはず。必ずどこかを拝している。

それを口にすると、千鶴子は答えた。

「……それは、何となく分かった」

「本当ですか!」驚いた雅は、勢い込んで尋ねる。「じゃあ、一体どこを?」

「この辺り」

「この辺りって?」

「つまり『出雲』よ」

「でも、それじゃあ——」

ずいぶん茫洋とした答えではないのか……。

眉根を寄せる雅を見て、千鶴子は笑う。

「私は最初、もしかするとダンノダイラの磐座を拝していたんじゃないかと思った」

十二柱神社の説明板にあった磐座だ。

確かそこには、昔、十二柱神社には神殿はなく、その磐座を拝んでいたと書かれていたはず。

しかし、と千鶴子は膝の上に地図を広げた。

「微妙に違っていた。大神神社からのラインは、もう少し南だった」

千鶴子の指差す場所を覗き込めば、確かにラインは磐座より三、四百メートルほど南を走っていた。

「でも、その程度の誤差なら」雅は首を傾げた。「許容範囲なんじゃないんですか？」

「そうかもしれないけど、私は思ったの」千鶴子は言う。「このラインは、どこかの場所をピンポイントで指し示しているわけじゃなく『大和出雲』全体を拝む形になっているんじゃないかって」

「大和出雲全体……ですか」

「かなり広範囲になってしまうけどね。それでも今は、そう考えるしかない気がしてる」

千鶴子は一瞬、顔をしかめた。

「でも、とにかくこれを前提にして、次に進みましょう。また何か新しい発見があるかもしれないから」

「はいっ」

千鶴子の言葉に雅が大きく頷いたとき、前方にＪＲ桜井駅が見えてきた。

《御所遥か薄墨衣《うすずみごろも》》

桜井駅からJR桜井線に乗って、三輪《みわ》を通り過ぎて天理《てんり》まで五駅。わずか十五分ほどの旅だ。

しかし。

本殿を持たない原初アニミズムの神社が、このあまり広くはない地域に——今回はまわらなかった檜原《ひばら》神社も含めて——三社も存在しているとは想像もしていなかった。

大神《おおみわ》神社と檜原神社は（山頂を拝んではいないにしても）三輪山を御神体としているから理解できる。榛名《はるな》山麓の榛名神社や、御嶽《みたけ》山麓の金鑽《かなさな》神社などなど、そういった神社は他にも数多く存在している。

ところが、今向かっている石上《いそのかみ》神宮は、本殿や神体山ではなく「禁足地」を奉拝しているのだという。しかも、この「禁足地」は、千鶴子によれば「立ち入り禁止」という意味の場所ではなく、あくまでもその地にいる鬼や蛇神や怨霊を封じ込める「外出禁止」の意味なのだという。その場所に、恐ろしい神々を「祀り上げ」ているのだと。

今までは、石上神宮は物部《もののべ》氏の総氏神であり、十握剣《とつかのつるぎ》や七支刀《しちしとう》や十種《とくさ》の神宝《かんだから》を所蔵している由緒ある神宮というイメージしかなかった。

その「禁足地」を見たい。そこにはどんな鬼や怨霊がいるのだろう。石上神宮が物部氏を祀っていることは間違いないとしても、ひょっとすると他に何か違う「怨霊」を祀っている可能性もある。それこそ「禁足」をかけて……。

雅の胸は高鳴る。

天理駅に到着して、辺り一面に立ち並ぶ天理教の立派な施設に目を取られていた雅に、

「ここから、タクシーに乗りましょう」

千鶴子が言った。

神宮までは、歩いて三十分かかるらしい。ということは、車なら十分足らず。雅も同意して、駅前に待機していたタクシーに乗り込んだ。

出発してもまだ、辺りを埋め尽くすかのような大きな建物の群れを見回していた雅に、

「嘘か本当か知らないけど」千鶴子が言った。「この街から一歩も外に出ることなく、一生を終えた人がいるって聞いたことがある。つまりここには、物理的な意味でも『ゆりかごから墓場まで』すべてが揃っているって」

「本当ですか！」

「あくまでも、噂よ」千鶴子は笑った。「昭和二十九年（一九五四）に、いくつかの市が合併して『天理市』と改名されたんだけれど、その中の市の一つに『丹波《たんば》』という地名があった。これはもちろん『丹場』だから、長谷と同様に『丹』がたくさん採れた地だったんでしょうね」

ということは。

雅は目を見張る。

「三輪山の麓の殆どが、産鉄関係の場所だったことになりますね」

そう、と千鶴子は応える。

「だから、朝廷からとても重要視されていたわけね。『記紀』の時代に『神宮』といえば、伊勢、出雲、そして石上神宮だけだったといわれているし。そういえば、伊勢も『丹』の名産地」

「出雲の『神宮』は島根ではなく、先日行った京都の出雲大神宮《いずもおおかみのみや》ですよね？」

「もちろん、そうでしょうね。当時、島根の出雲大社は、まだ『杵築《きづき》大社』だったはずだから」

そういうことだ。

雅が軽く頷いたとき、タクシーは石上神宮に到着した。

大鳥居前で車を降りると、広く立派な参道を二人並んで歩く。たくさんの鶏たちが自由に遊び回る鏡池を横目に見ながら社務所に立ち寄り、由緒書きを入手した。

雅たちは、お参り前にその場で目を通す――。

「石上神宮は、物部氏の総氏神として信仰されてきました」

と書かれていた。

「『記紀』では『石上振《ふる》神宮』と称され、中世では『布留社《ふるのやしろ》』、『延喜式』には『石上に坐《ます》布都御魂神社《ふつみたまのかみのやしろ》』と呼ばれていたが、明治十六年（一八八三）に再び『石上神宮』となりました」

確かに『万葉集』には「振《ふる》の山」「振の神杉」などと出てくるし、『古代歌謡』などでは「布留社《ふるやしろ》の太刀《たち》」と歌っているものもある。

続いて、

「主祭神は、
布都御魂大神《ふつのみたまのおおかみ》
布留御魂大神《ふるのみたまのおおかみ》
布都斯魂大神《ふっしみたまのおおかみ》
の三柱で、
『布都御魂大神』は、大国主《おおくにぬし》命に『国譲り』を迫った際に、建甕槌《たけみかづち》神が携行していた神剣の『韴霊《ふつのみたま》』を神格化した神で、別名『平国之《くにむけ》剣《つるぎ》』とも呼ばれています。『布留御魂大神』は、物部氏の始祖とされる饒速日《にぎはやひ》命が天降った際に、天つ神から授けられたといわれる神宝『天璽《あまつしるし》十《と》種《くさ》瑞宝《みずのたから》』、その中でも特に『剣』を神格化した神です」

とあった。

これは、雅がさっき思った「十種の神宝」だ。

これらの神宝を祀って「……布瑠部《ふるべ》。由良由良《ゆらゆら》と布瑠部……」の呪文を唱えれば、死人も蘇るという――。

しかし続けて、

「この神宝は、配祀神の一柱、饒速日命の御子の宇摩志麻治《うましまじ》命から、神武《じんむ》天皇に奉られて天皇即位の年に祀られました。これがわが国の『鎮魂祭』の初めとされています」

〝鎮魂祭……？〟

その言葉に、雅は首を捻った。

天皇即位に際して、いきなり「鎮魂祭」とは。

普通は「祝祭」ではないのか？

一体そこで、誰を「鎮魂」したのだろう。素戔嗚《すさのお》尊か、饒速日命か、それとも大国主命か……。

雅は先を読む。

「『布都斯魂大神』は、素戔嗚尊が出雲の簸《ひ》の川で八岐大蛇《やまたのおろち》を斬った、天十握剣《あめのとつかのつるぎ》――蛇《おろち》之《の》麁正《あらまさ》を神格化した神です」

主祭神に関する情報はそこまでだった。雅が、一旦パンフレットを閉じると、

「そういえば……」

千鶴子が歩き出しながら言った。

「備前国一の宮、岡山県の『石上布都《ふつ》魂《みたま》神社』に行ったときも、そんな説明がされていた。布都魂は素戔嗚尊が八岐大蛇を退治し給うた麁正《あらまさ》、韓鋤《からさひ》の霊剣であり、その複製を頂いている――というような」

「石上布都魂神社ですか……」

岡山とは、またずいぶん離れた場所だけれど、そのままの名前だし、おそらく何か深い関係があるのだろう。東京に戻ったら、改めて調べてみよう。

そう思った雅に向かって、

「これらの主祭神たちは」と千鶴子は言った。「全員、神剣に宿る霊威を神格化した神という。でも、結局その三柱は、

布都御魂大神＝韴霊剣……………建甕槌神。

布留御魂大神＝十種瑞宝（剣）………饒速日命。

布都斯魂大神＝天十握剣……………素戔嗚尊。

となる。つまるところ、全員が日本を代表する『荒ぶる神』というわけ
「確かに……」

雅は大きく嘆息した。

彼らは、間違いなく日本史上最強の神々。

その上、揃いも揃って、朝廷の人々を心底震え上がらせた大怨霊ではないか……。

雅たちは、手水鉢《てみずばち》で口と手をすすいで、石段を登る。すると、拝殿へと向かう楼門――神仏習合の名残のとても立派な二階建ての門は、完全に横を向いていた。

今まで一直線に延びているとばかり思っていた広い参道が、ここで綺麗に九十度左に折れることになる。

だが、そんなことにはもう驚かなくなっている雅は、千鶴子に続いて楼門をくぐると、目の前には桁行《けたゆき》七間、梁間《はりま》四間、檜皮葺入母屋造《ひわだぶきいりもやづくり》の、立派な拝殿が建っていた。

手元の由緒によれば、宮中で新嘗祭《にいなめさい》などの祭礼を行っていた神殿を、白河《しらかわ》天皇が、この神宮に寄進されたものだという。どうりで立派なはずだ。

お参りを終えると、雅は拝殿脇に近づく。

そこには「布留社」と刻まれている、高さ百五十センチほどの剣先状の石の瑞垣が、

隙間なくずらりと並んでいた。

〝文字が刻まれた――描かれた、剣先状の背の高いもの。つまり、まるで卒塔婆《そとば》のようだと〟

千鶴子の言葉が雅の脳裏に蘇り、意味もなくドキドキしてきた。

由緒によれば、その瑞垣に取り囲まれた、東西約四十五メートル、南北約三十メートルの地が「禁足地」なのだという。そしてこの場所こそが「神宮の神域の中で最も神聖な霊域として畏敬されている」のだ。

今もここに、神々は坐すのだろうか。気が遠くなるほどの長い間、そして現在も、決して外に出ることを許されぬ「禁足地」に。

雅は、石の瑞垣が途切れた隙間から見える空間に向かって、思わず手を合わせた――。

その後、七支刀の写真や、その他の神宝などの説明が展示されている授与所を過ぎて再び楼門をくぐると、正面に古く立派な拝殿が見えた。

「行ってみましょう」

千鶴子が言い、雅も続く。

そこには、小さな摂社があったのだが、鳥居前の由緒書きを見ると、

「出雲建雄《いずもたけお》神社！」

二人は食い入るように読む。するとそこには、

摂社　出雲建雄神社
式内社
御祭神　出雲建雄神

と書かれているではないか。続いて、

「出雲建雄神ハ草薙ノ神剣ノ御霊ニ坐ス」

とあり、千三百年前の天武天皇の時代、立ち上った瑞雲の中から神剣が光を放って出現し、

「今此地ニ天降リ諸ノ氏人ヲ守ラム」

と託宣したとある。


パンフレットで確認すれば、確かにこの摂社は延喜式内社で、一間社春日造の本殿には、出雲建雄神——草薙剣の荒魂《あらみたま》！　——を祀っていると書かれていた。

その前面に建つ、檜皮葺切妻造、桁行五間、梁間一間の唐破風屋根を持つ拝殿は、興《こう》福《ふく》寺大乗院末寺・内山永久《うちやまえいきゅう》寺鎮守の住吉社のものだったそうで、それを移築したと書かれていた。

拝殿の中央に、一間の「馬道《めどう》」と呼ばれる通路があるが、このように通路を開く形式

の拝殿は「割拝殿《わりはいでん》」という珍しい造りらしい。

雅たちは、石段を登って鳥居をくぐり参拝する。

すると、本殿の右奥にひっそりと鎮座している末社が見えた。出雲建雄神社よりも一回りほど小さい造りで、屋根もすっかり緑に苔むしている一間社だ。

しかしそこは、

〝猿田彦《さるたひこ》神社!〟

雅は息を吞む。

主祭神は猿田彦神だったが、配神は、筒男三神と息長帯比売命《おきながたらしひめ》——神功《じんぐう》皇后と、なぜか高龗神《たかおかみのかみ》とあった。

猿田彦は住吉神と同神とされる場合もあるから理解できるが、高龗神は何故なんだろう? 確か、京都・貴船《きふね》神社に祀られている神ではなかったか。

全くの予想外で、またしても猿田彦神とお会いした——。

参拝後の帰り道、

「ちょっと待って」

千鶴子は、先ほど通った鏡池脇に建つ休憩所に入った。休憩所といっても、昔に拝殿前に置かれていた舞殿《まいどの》を移築して造られているので、屋根も銅板葺きでお洒落な建物だ。

雅も続いて入り腰を下ろすと、千鶴子は『古事記』と『日本書紀』を取り出す。例によってすでにボロボロなのだが、千鶴子は全く気にせずバラバラとめくる。

「あんな場所に、出雲建雄が祀られていたなんて」千鶴子は無念そうに呟いた。「知らなかったわ」

「そうですよね」雅も同意する。「楼門の外でしたから。いくら摂社だといっても、本社の拝殿前には、あんなに広いスペースが確保されているのに……」

「よっぽど、本社近くに祀りたくなかったのね——。あった。ここだわ。日本武尊と出雲建雄の、争いの場面」

千鶴子は二冊のページを同時に広げると、

「まず『古事記』景行天皇条よ。簡単にまとめるわね」

千鶴子は口を開いた。

「倭建《やまとたける》命（日本武尊）は、出雲国の首長の出雲建《たける》（出雲建雄）を討ち殺そうとして出雲国に入った。到着するとすぐに親しくなったフリをしながら、密かに赤檮《いちい》の木で偽の大刀《たち》を作った。ある日、出雲建を訪ねると彼を誘って二人で肥河《ひのかわ》で沐浴した。やがて倭建命が先に川から上がり、出雲建が置いた大刀を取って佩《は》くと、彼に向かって『大刀を取り替えよう』と提案する。後から上がってきた出雲建が偽物の大刀を佩いたのを見た倭建命は、いきなり『大刀合わせをしよう』と挑戦する。しかし出雲建の大刀は、倭建命の用意した偽物だったために抜くことができず、その場で倭建命に斬り殺されてしまった。

そのときの倭建命の歌には、

やつめさす　出雲建が　佩ける刀《たち》
　黒葛《つづら》さは巻き　さ身無《みな》しにあはれ

（やつめさす）出雲建が腰につけている大刀は、鞘《さや》に葛《つづら》をたくさん巻いてあって見かけは立派だが、刀身がなくて、ああ愉快で楽しい……」

「楽しい？」

「喜んだというよりは、バカにして嗤った感じね。『記』では続けて、このように賊を平定して都に上った――とあるわ」

「え……」

ひどい話だ。

これでは、日本武尊は英雄どころか、単なる卑怯者ではないのか？

しかも、こんな話を堂々と史書に載せるというのは、どういう神経なんだろう。それとも昔は、このような戦法が、賢い戦い方と考えられていたのだろうか……。

「ただ、これらの話は、『日本書紀』には載っていない」

千鶴子は続けた。

「その代わりに、似たような話として『崇神紀《すじん》六十年条』にこんな話が載っている——。七月のある日、崇神天皇が『武日照《たけひなてる》（武夷鳥《たけひなとり》・天夷鳥命《あめのひなとり》）が天から持ってきたという神宝が、出雲大神《いずものおおかみ》の宮に収蔵されている。それをぜひ見欲《みま》し《ほ》』と言って使者を遣わした。この『出雲大神の宮』に関しては——」

千鶴子は雅を見て微笑む。

「解説では、島根の出雲大社か、あるいは松江の熊野大社だろうとなっているけど、さっきも言ったように、このころ出雲大社はまだ『杵築大社』だったし、『熊野大社』だったら、最初からそう書けば良いんだから、京都・亀岡の出雲大神宮で間違いないわね」

無言で首肯する雅の前で、千鶴子は続ける。

「そして、この『見欲し』という言葉は、あなたも知ってるように『どうしても手に入れたい』ということ」

雅は再び頷く。

授業で何度も聞いた。

天皇が「見たい」と言ったら「欲しい」という意味なのだと。それは、神宝でも女性でも同じ。

「その神宝は」千鶴子は続ける。「出雲臣の先祖・出雲振根《ふるね》が管理していたけれど、そのとき彼は筑紫国に出かけていた。すると、留守を任されていた弟の飯入根《いいいりね》が、あっさりと朝廷に献上してしまった。

筑紫国から戻ってきてそれを知った振根は、弟を責めて、ついには殺すことにした。そこで、木刀《こだち》を作って佩き、弟を沐浴に誘う。振根は弟より一足先に川から上がり、弟の真刀《またち》を取った。驚いた弟が兄の残した刀を取ったが、それは木刀だったため、あっさりと斬り殺されてしまった。

すると、その事件を知った人々が、

　や雲立つ　出雲梟帥《いずもたける》（建）が　佩ける太刀
　　黒葛《つづら》多巻き　さ身無《みな》しにあはれ

と歌ったという。先ほどの話とは、原因と登場人物名が異なっているけれど、ストーリーはほとんど同じ」

「どちらにしても」と雅は頷きながら応える。「謀殺されてしまったのは、やはり、出雲建雄なんですね」

「そう。しかし、この話も非常に怪しくてね。というのもその後、崇神天皇は吉備津彦《きびつひこ》

——西道将軍と、武渟河別《たけぬなかわわけ》の東海将軍を遣わして、振根を殺害している。つまりこれは、神宝を得たかったために、一方的に振根兄弟を殺害した事件なんじゃないかな。でも、飯入根殺害を振根のせいにした。だからこそ、振根——『魂も振る』えたという名前になっているんじゃないかと思う」

確かに、と雅は首肯した。

天皇は、その神宝を「ぜひ見欲し」と言った。最初から、何があっても手に入れるつもりでいたのだ。

「ここで、次田真幸《つぎたまさき》は、

『木刀と真刀とをすり換えて相手をうち殺す話は、もともと出雲地方に伝えられていた説話であって、それが大和朝廷対出雲氏族の物語の中に取り入れられるとき、一方はヤマトタケルの物語となり、一方はフルネとイヒイリネの物語となったのではあるまいか』

と解説している。でも、この『出雲』は、島根ではなく奈良・大和ね」

「……そう思います」

「今思えば——」と千鶴子は軽く嘆息した。「『万葉集』に、柿本人麻呂《かきのもとのひとまろ》が、

『溺《おぼ》れ死《みまか》りし出雲娘子《いずものおとめ》を吉野に火葬《やきほう》りし時に』

それを悼んで詠んだ歌が二首載っているの。

山の際《ま》ゆ出雲の児らは霧なれや
　吉野の山の嶺《みね》にたなびく

が、そのうちの一首。もう一首は、吉野の川に黒髪が揺らめいているというような、凄絶な歌。だから覚えていたんだけど……実は、ずっと違和感を抱いていた」

「それは？」

「遥か遠い地方の出雲娘子を、どうして奈良県の吉野に葬るんだろうって」

「ああ……」

「でも、本来の出雲がこの辺りだとしたら、何の問題もない。島根の出雲から吉野は何百キロも離れているけど、たとえば桜井からだったら二十キロもない」

野見宿禰の件と同じだ……。

心の中で納得する雅を見て、千鶴子は立ち上がった。

「本来の出雲は、間違いなくここ大和にあった。しかも、想像していた以上に大きな国だった。ひょっとしたら、奈良市にまで喰い込んでいたかもしれない」

「しかも」と雅も千鶴子の後を歩きながらつけ加える。「多くの鉄や丹や水銀を産出した、豊かな国」

「さらに、伊勢にも通じる街道も持っていた。『大和朝廷』以前の『大和出雲』は、まさに一大王国を築き上げていたというわけね」

さて――、と千鶴子は顔を上げて歩き出す。

「一旦、奈良辺りまで戻りましょう。そこで、今日見てきたことをまとめないと。冷えたビールでも飲みながら」千鶴子は笑った。「あなたは今晩、奈良に泊まるの？」

はい、と答えて雅はホテルの名前を告げる。

「じゃあ、その近くのお店に入りましょうか」

千鶴子は言って歩き出し、雅もその後を追った。

鳥居をくぐって県道まで出て、流しているタクシーがあればそれを拾って、ダメならば天理駅まで歩いてしまおうと話しながら参道を歩いていると、県道の手前に、見覚えのある男性の姿があった。先ほどのタクシー運転手だ。

彼も、雅たちの姿を認めると顔をほころばせて近づいてくる。

「ああ、良かったですわ！」運転手は破顔した。「お客さんたち、私の車の中に忘れ物をしてったから、追いかけてきたんです」

えっ、と雅たちは顔を見合わせる。

「忘れ物って――」

「ええ」

「でも……それで、わざわざここまで？」

「この神宮さんに行くってておっしゃってたから。それで会社に連絡したら、取りあえず行ってこいって許可をもらったんですわ」

でも、と千鶴子は首を傾げる。

「一体、何を？」

「あの車で持ってきとるから、ちょっと見てくれますかね」

運転手は言うと、タクシーではなく道端に停めてあった黒いバンへと向かう。不審な顔つきで従う雅たちを振り向くと、

「自家用車で、追っかけてきました」運転手は笑って、後部座席のドアをスライドさせた。「どうぞ」

えっ。

開け放たれたドアから車内を見て、足を止めた雅たちに向かって再び、

「どうぞ」

と言ったが、今度は真顔になっていた。

「どういうこと……？」

千鶴子は呟く。

というのも、車の中には、白髪で白い鬚《ひげ》を伸ばした老人がシートに背中をもたせかけ、膝の間に立てた杖に両手を乗せて座っていたのだ。

雅たちが固まったまま絶句していると、

「こちらに」

老人が、嗄《か》れた声で二人を招いた。

「座ってくれないかね」

「………」

まだあっけに取られて顔を見合わせている千鶴子と雅に向かって、

「突然で申し訳ないが」老人は言った。「きみたちに、少し話があるのでな」

「急にそんなことを、おっしゃられても……」千鶴子は尋ねる。「第一、あなたはどなたですか？」

「これは、失礼した」老人は皺だらけの顔で笑った。「わしは、鏑《かぶら》木《き》団蔵《だんぞう》といって、奈良に住まいしておる隠居老人だ」

「その老翁が、私たちに何か？」

「老翁などと立派な人間ではない」団蔵は再び破顔する。「単なる愚老だが……よろしければ、話をしたい」

「では、どこかのお店で――」

周りに人のいる場所を、と考えたのだが、

「きみたちの不安な気持ちは充分に分かるが、人のおらぬ場所で話をしたい。これから、きみらはどこへ行く？」

「特に決めていません」千鶴子は嘘をつく。「でも、どちらにしてもあなたたちとは関係のない話です」

「それが、大いに関係あるのだよ」団蔵は、わざと困ったような口調で言う。「特に、もしもそれが出雲――あるいは、わしの地元である奈良・大和に関係してくればな」

「えっ」

「あんたらは」団蔵は白い眉毛の下に光る目で千鶴子を、そして雅を見た。「真実の出雲を、知りたくはないかな」

それは……！

激しく動揺する雅に、
どうする？　と千鶴子の目が尋ねてくる。

しかし、余りにも不審な状況だ。このまま誘拐されたとしても、おかしくはない。

だが「真実の出雲」という言葉に惹かれたのか、千鶴子が正直に――だが、用心深く答えた。

「……これから奈良駅へ」

「では、そこまで送ろう。その間に、少し話をしたい」

「いいえ」千鶴子は、きっぱり答える。「やはり、初めてお会いした方の車には、乗れません。近くの喫茶店でというのならば」

「喫茶店は、まずい」団蔵は、苦い顔で首を横に振った。「今言ったように、他人に聞かれたくはない」

「私たちも、他人です」

「そりゃあ、そうじゃった」

苦笑する団蔵に、千鶴子は言う。

「では、また日を改めて」

「申し訳ないが、こう見えてわしも、それほど時間を取れる優雅な身ではない。そこで、こうやって急いで駆けつけてきた」

「……たとえば具体的に、どんなお話を？」

「あんたらは、出雲を調べておるということだな。特に大和出雲、わしの地元を」

タクシー運転手から、情報が入っているらしい。

「ええ」

二人揃って頷くと、団蔵は満足そうな顔で尋ねてくる。

「この石上神宮でも、出雲建雄神社を見たかな？」

「見ました。本社の楼門の外で」

「どう感じた？」

はい、と千鶴子が警戒しながら答える。

「ひどい扱いだと……」

「出雲関係の神は、みなそうだ。そもそも『石上』という名前も、酷いと思わんかね」

「石上が？」

「『石神《いしがみ》』。つまり、石神《しゃくじん》だ。物言えぬ石にされ、祀り上げられてしまった神だ。そして、この『シャクジン』は『社宮司』『左口司』『尺宮司』『三狐神』『斎宮神』などと変化しておる。どちらにしても、石や岩。そして、それらのうちで最も代表的なのが、茨城県・大甕《おおみか》神社の『宿魂石《しゅくこんせき》』だな。朝廷に殺されてしまった神・天香香背男《あまのかがせお》じゃ」

「『日本書紀』神代下に登場する——」

うむ、と答えて団蔵は暗唱した。

「『天《あめ》に悪《あ》しき神有り。名を天津甕星《あまつみかほし》と曰《い》ふ。亦《また》の名は天香香背男』とな。この天香香背男は、高天原の神たちに対して最後まで激しい抵抗を続け、経津主《ふつぬし》神や建甕槌《たけみかづち》神にも屈しなかったが、ついに建葉槌《たけはづち》神に退治されてしまい、石になった。いや、鬼気迫る大岩にな——」

それで……と千鶴子が団蔵を見た。

「そんな話を、私たちと？」

「そうじゃ」

「それは、何故」

「知っていた人間誰もが口をつぐんでしまい、その結果現在では全く分からなくなってしまったこと……それこそ『石』になってしまっている歴史を、あんたらに伝えたい」

「どうして私たちに？」

「あ奴《やつ》からも話を聞いた」運転手をチラリと見た。「どうやらあんたらは、真面目に学ぼうとしておる。しかし、残念なことに、肝心なことが分かっておらん。そして、わしも長くはない。今のうちに、若い人に伝えておきたい。誰も書き残しておらん『出雲』のことなどをな」

肝心なこと？

そして、誰も書き残していないこと——。

その言葉に、千鶴子と雅は息を呑む。

「ちょっと待ってください……」

千鶴子は雅の肩に手を回し、団蔵たちに背中を向けると耳元で囁いた。

「どうしましょう……」

恐る恐る尋ねる雅に、千鶴子は言った。

「私は、車に乗ってみる」

「え……。じゃあ、私も！」

「危険よ。私だけでいい」

「でも、千鶴子さんが乗られるのなら――」

「あなたを巻き込みたくないの。あなたは、このまま逃げて。何かあったら――無事だったら必ず連絡するから」

「だって！」雅は訴えた。「ここまで一緒に来たんですし、二人でいた方が安全です。二対一より、二対二の方が！」

雅の言葉と、その真剣な眼差しを受けて、

「そう……」

と千鶴子は軽く嘆息すると、意を決したように頷いた。

「分かった。それじゃあなたは、ドア側に座りなさい。もしものときは、必ずあなたを逃がすから、すぐ警察に連絡して」

「はいっ」

硬い表情で頷く雅を見て、千鶴子は団蔵に振り向いた。

「では、よろしくお願いします。奈良駅まで送ってください」

そうか、と団蔵は顔をほころばせた。

「伊勢神宮まで、と言われても仕方ないところだったが、奈良ならばわしらも帰り道だ。喜んでお送りしよう。しかし、落ち着かんといけないから、そちらのドア側に座ると良い。わしは、奥に座ろう。結城《ゆうき》！」

　雅たちの背後に向かって声をかけた。

「もう良いぞ」

　驚いた二人が振り向くと、そこには黒っぽいスーツ姿の男性が立っていた。

「彼女たちは、車に乗られる。お前も一緒に乗ると心配するだろうから、お前は後から追いかけてくるが良い」

「はい、御前《ごぜん》」

　男は一礼する。

　雅たちは全く気づかなかったけれど、彼はさっきから、ずっと二人の後ろにいたのだ。しかも「御前」？

　鏑木団蔵は、名のある老人なのか……。

　軽く震えながら、雅は千鶴子と共に団蔵の車に乗り込んだ。

　団蔵が「奈良駅にな」と言うと、運転手は「ＪＲでしょうか、近鉄でしょうか」と尋ねてきたので、千鶴子が「どちらでも」と返答する。「かしこまりました」と運転手が答えてエンジンキーを回し、黒いバンは、奈良駅に向かってゆっくりと走り出した。

　どことなく不穏な沈黙が充満している車内で、雅が身の置き場もなくただ固まっていると、やがて団蔵は改めて自己紹介し、運転手は粕谷《かすや》という男だと名乗った。

「ずっと私たちを見張っていたんですね」

と非難めいて尋ねる千鶴子に、

「そういうわけではなかったんだがな」団蔵は苦笑しながら答える。「知っている連中から、あんたらに関する報せが次々に届いてな。そこで、長谷《はせ》では粕谷にあんたらの案内を任せた」

「長谷のお店では、こんな平日の午後だというのに、迎えのタクシーの到着が遅かった。ちょっとおかしいと感じました」

「鋭いの」団蔵は笑う。「まあ、それだけあんたらは、行く先々で人目についてしまう存在だったということだよ。一体、どういう人たちなのかな？」

そこで雅たちも、千鶴子は京都で民俗学を研究していることと、たまたま雅が進む大学院の先輩だったと自己紹介した。

「民俗学の大学院かね」団蔵は雅を見る。「それで、出雲を？」

「は、はい」雅は緊張しながら答えた。「春休みなので、実際に現地へと思って」

「島根ではなく、大和へな」

「いえ。もちろん島根——松江も奥出雲も行きました。でも、今回は千鶴子さんに誘われてこちらに……」

なるほど、と団蔵は頷いた。そして、わざと窓の外に視線を移すと、

「石上神宮は」と続ける。「『記紀』によれば、謀叛や報復などの災難から逃れるため、さまざまな人間たちが逃げ込み、庇護されておる。寺院で言えば『駆け込み寺』というところかな」

それは、と千鶴子が尋ねた。

「やはりこの場所も、長谷と同じ『隠国《こもりく》』だったということですね」

いや、と団蔵は笑いながら首を振った。

「少し違う」

「と言うと？」

「あの場所——石上神宮は当時、最新鋭の武器庫だった」

「武器庫……」

「だから、あの中に逃げ込んだ人間に対して、誰も手が出せなかったというわけだ」団蔵は笑うと続けた。「奈良市の都祁《つげ》に、雄雅山《おがやま》という円錐形の美しい山がある」

御子神が言っていた場所だ。

〃長谷からもう少し奥まで行くと、都祁という土地がある。『出雲』から北へ山越えして、十五キロほどの高原だ。ここからも古い土器が出るようだが、地元の人間は、都祁こそが『高天原《たかまがはら》』だと言っている〃

〃また、素戔嗚尊の八岐大蛇退治伝説は、この地が発祥だと言い伝えられ……都祁には、

大神神社の奥の院が鎮座していたともいう〞

確か、そう言っていた。

「山頂の窟《いわや》には神の使い、あるいは祟り神の蛇が棲むと伝えられてきてな、大神神社奥の院の雄神《おがみ》神社がある」

「神の使いの蛇！」雅は声を上げた。「大神神社と同じです。というより、大神神社の奥の院……」

この神社は、と団蔵は続ける。

「鳥居と拝所のみで社殿はなく、神体山としてお山を拝む。神社では出雲建雄神を祀っており、別名『金銀銅鐵《きんぎんどうてつ》社』という」

「金銀銅鐵？」

「そうじゃ。出雲建雄神が、鉄に精通する神であったということを伝えておる」

「それで、石上神宮の摂社にも！」

「しかも、出雲建雄神は、布都斯魂大神つまり素戔嗚尊の御子と考えられている。ゆえに、石上神宮摂社のあの社は『若宮』とよばれていた」

「若宮って」雅は叫んでいた。「怨霊！」

ほう、と団蔵は目を細めて雅を見た。

「どうしてそう思う？」

「それは」雅は体を硬くして、上目遣いで団蔵を見た。「すみません……その理由までは……」

「そこまで知っているだけでも大したもんだが、まだ踏み込みが足らん」

「……申し訳ありません」

どうしてここで団蔵に謝らなくてはならないのか、雅にも分からなかったが、謝罪してしまった。

そんな雅を見て、

「『若』は」団蔵は続けた。「巫女が両手を挙げて舞いながら神に祈っている形。神託を得るために、忘我・恍惚の状態に浸っていることだな。これは、良いとしても、同じく『わかい』と読む文字に『夭』がある」

「それは……『ヨウ』ですか？　妖怪の『妖』の旁《つくり》の」

「そうだ。これも『若』と同じで、巫女が祈り踊る姿を表しているが、この文字には他の読み方がある」

「それは？」

「『わざわい』じゃよ」

「災い！」

つまり、と団蔵は雅を見て嗤った。

「『若い』ということは、『災い』と同意義なのだ」

若いは——災い？

唖然として口を閉ざす二人に向かって、

「だから」と団蔵は、打って変わって冷たく言い放った。「もう、これ以上は止せ。ここから先に進んでも、誰を利することもない」

えっ、と雅は驚く。

今までの好々爺とは違う、厳しい眼差しが雅たちを捕らえていた。この老人は、何者なのだ？

しかし、

「そういう問題ではないと思います」一歩も退かずに、千鶴子が応えた。「これは、純粋に学問の範疇ですから」

「では、その学問の結果はどうなったのか、それを聞きたいものだな。出雲は結局どうだというのかな？」

そこで、千鶴子は今朝からの、そして先日の京都で見聞き考えた話を団蔵に伝えた。大山祇神《おおやまつみ》＝素戔嗚尊や、大山咋神《おおやまくい》＝饒速日命が統べていた国が、本来の「出雲」であり、やがて彼らが謀殺されてしまい、その後を継いだ大国主命や事代主神《ことしろぬし》や建御名方神《たけみなかた》の代で「出雲」は、朝廷に滅ぼされてしまう。それにはおそらく、八咫烏《やたがらす》・賀茂氏《かもうじ》の裏切りがあったと思われる。

そして、その本来の「出雲」こそ、ここ大和に存在した。相撲の始祖・野見宿禰のエピソードも、それを証明している。

また、その他の大きな疑問としては、三輪山を神体山として崇めているはずの大神神社の拝殿は、三輪山山頂を向いていなかった。では、一体どこを向いているのか、などなど——。

「とすると」団蔵は尋ねる。「島根の出雲は、どうなる。その立ち位置は？」

「微妙に意味合いが違いますけれど」千鶴子は、静かに答えた。「いわゆる、神々が『流竄《るざん》』の憂き目に遭った土地でしょう。実際に大国主命は、島根の西の果ての果て、しかも小島に建つ出雲大社に祀り上げられました」

「だが、島根の出雲には、荒神谷《こうじんだに》遺跡や、加茂岩倉《かもいわくら》遺跡を始めとして、立派な文化があったことは証明されておる」

「もちろんです」千鶴子は冷静に答える。「しかしそれは、あくまでも青銅文化でした。鉄ではないんです。その証拠に、出雲地方で発見された銅剣には『×』印が刻まれていた。その意味は未だに謎と言われていますが、明らかです。『呪《しゅ》』です。二度と、銅文化が復活しないように、という」

そういうことだったのか……。

驚く雅の前で、千鶴子は団蔵に向かって問いかける。

「あなた方は、もしかして島根の『出雲』の方なんでしょうか？」

いいや、と団蔵は首を横に振った。

「今言った都祁が、わしの故郷だ。現在住んでおるのは、奈良市内だがな。しかし、その故郷も消えてなくなってしまった」団蔵は顔を歪めて笑った。「昔は大勢の村人が暮らしておったんだが、つい何年か前に奈良市に編入されて消滅した。それこそ、黄楊《つげ》の木が生い茂っていることで有名な、良い村だったんだがね……」

黄楊の木？

雅は、ハッと顔を上げた。

櫛ではないか。ツゲといえば、櫛だ！

朝廷に逆らった人々（神々）につけられた名称――「櫛」。

それは、ここから来ているのではないか？

都祁……黄楊……櫛、と。

一人納得する雅の隣で、

「では」と千鶴子は尋ねた。「大和出雲が本来の『出雲』だと主張することに、どうして躊躇《ためら》いがおありなんですか？　むしろ、もっと強く主張してもいいじゃないですか。こちらこそが、本当の『出雲』なんだと」

「ならば逆に訊くが」団蔵は千鶴子を見返す。「島根の出雲の、何が不満なのかね。それで良いではないか」

「あの地は、あくまでも記念碑です。野見宿禰の五輪の塔と同じ」

「だから、それの何が不服かと訊いておる。一般の博物館や美術館とて、同じようなものだろうが」

「もちろん虚偽ではありません。でも、真実でもない。真実は、その土地・風土に付随して存在しているものですから」

ほう、と団蔵は冷ややかに嗤った。

「その真実に近づいて何の利益がある？」

「えっ」

「碌なことなどありゃあせん。ただ、陰惨な歴史が顕わになるだけじゃ。ならば、そのままにしておけば良いではないか。今まで千年以上も静かに眠っていたものを、何故起こそうとする。大体、そんなことをする権利が、あんたらにあるとでもいうのか？」

「権利云々という問題ではなく――」

「当麻《たぎまの》蹶《け》速《はや》は当然、知っておろうな」

「はい。野見宿禰に敗れて、土地を奪われてしまった悲惨な豪族――」

「だが、奴はまだましだった」

「というと？」

「奴以上に悲惨だったのは、残された人々だ。七月七日の試合後、彼らは昨日まで住んでいた土地を追い出され、それでも残った人々は奴婢《ぬひ》となった。『蹶速塚』には行ったか？」

「いいえ……まだ」

「そこには、こう書かれておる」

団蔵は、軽く目を閉じて暗唱する。

「『勝者必ずしも優ならず、時には勝機と時運に恵まれず、敗者となることもある。勝者に拍手をおくるのはよい。だが敗者にもいっきくの涙をそそぐべきではないか』――とな。蹶速の子孫たちが嘗《な》めてきた辛酸が窺われる言葉じゃ。そして彼らは今でも、表舞台に上がることを拒否し続けておる」

「え……」

「かと言って、野見宿禰の子孫もどうだ。彼らも必死に改名を願い出て、ようやくのことで『菅原』の苗字をいただいた。そんな過去の歴史を掘り起こして、どうする。埋もれたままにしておけば良い」

「でも、それは真実の――」

「言ったろうが」団蔵は千鶴子を睨む。「真実に近づいても、碌なことなどありゃあせんと」

「たとえ、そうだとしても！」千鶴子は訴える。「それで、あなたたちは良いんですか。本当の『出雲』は、この場所だったのに」

良いも悪いも、と団蔵は笑う。

「あちらの島根には、素戔嗚尊も、御子の五十《い》猛《たける》命も、饒速日命も、大国主命も、事代主神も、皆いらっしゃる」

「それはレプリカ――」

「標章じゃ」

「しかし、大物主神の御子の玉列《たまつら》王子はいない！」

「それは、我々がこの地で祀れば良いだけのこと。そもそも、あんたらは『祀』という文字の意味を知っておるかな」

「……神を慰める。あるいは、崇め奉る」

千鶴子の言葉を遮るように、団蔵は言った。

「この文字の偏の『示』は、神に捧げる生贄を載せる祭卓の形。そして旁は『巳』――蛇だ。古くは蛇神、つまり夜刀《やと》の神を表していた」

あっ、と雅は声を上げていた。

蛇神――出雲の神々ではないか！

素戔嗚尊であり、饒速日命であり、そして大国主命。

あわてて手で口を塞ぐ雅をチラリと見ながら、団蔵は続けた。

「つまり『祀る』という行為は、蛇神の後裔であるわしらが、最も適しておるというわけじゃ。彼らを祀る人間としてな。だから、今までもそうしておる」

「そんな……」

ということで、と団蔵は腕を組んだ。

「わしたちは、静かに暮らしたいだけなのだ。なにもわざわざ波風を立てる必要もない。分かってもらえたかのう」

「…………」

口を閉ざした千鶴子に代わって、

「それは——」と雅が口を開いた。「賀茂氏の裏切りとかいう話でしょうか。同じ『三輪』の一族だったのに」

「なに？」

「今、鏑木さんのお話で、とてもよく分かりました」

えっ、と雅を見る千鶴子の、そして団蔵の視線を受けて、雅は俯いたままで続けた。

「京都。出雲郷ですね……」

「ほう……」団蔵の顔色が変わる。「出雲郷も行ったのか？」

「はい」

と雅は頷いて、千鶴子と共にまわった先日の京都の話を告げた。出雲寺《いずもじ》、出雲路《いずもじ》、出雲井於《いのへ》神社、出雲路幸神社《さいのかみのやしろ》……云々。

「なんと」

呆れたような顔で二人を見る団蔵に向かって、

「それで私」雅は続けた。「今日、ふと思ったんです」

「何をかな？」

「あのとき、出雲郷から逃亡した大勢の人たちは、一体どこに向かったんだろうかって」

「………」

への字に口を結んだ団蔵から視線を逸らせたまま、雅は言う。

「私はそれまで、出雲と聞けば真っ先に島根県を思い浮かべていました。だから、彼ら――特に幼い女性は、とても故郷まで辿り着けなかっただろうって考えていたんです。でも、その考えは間違いだったことに気づきました。京の出雲郷から必死に逃げ出した彼女たちが目指した場所は、一ヵ所しかあり得ません。もちろん、その場所は」

雅は俯いたまま微笑んだ。

「『隠国《こもりく》』――ここ、大和出雲です」

無表情のまま腕を組む団蔵を無視するように、雅は続ける。

「つまりあなた方は、京都・出雲郷から逃げ帰ってきた出雲臣たちの子孫。あるいは、彼らを必死にかくまった人たちの子孫……違いますか？」

　雅の言葉に、

「もしも」と団蔵は重い口を開く。「そうだとしたら……何だという」

　はい、と雅は小さく頷いた。

「素晴らしいと思います」

「何？」

「彼らは朝廷の圧力などには屈しない、高いプライドを持った人々だったはずです。だからこそ、命を賭してまで出雲郷からの脱走を試みた。しかも自分の命を顧みず、まず若い女性たちを逃がした。仲間が自分の命を捨ててまで逃がしてくれた、その女性たちの子孫なんて、素晴らしい——崇高な方々としか、言いようがないです」

「な……」

「きっと鏑木さんたちも、その遺伝子を受け継いでいらっしゃるんでしょうね。正直に言ってしまうと、とても羨ましいです」

　と言ってから、目を大きく見開いて自分を睨みつける団蔵に気づき、

「あっ」雅は声を上げた。「すみません。私、余計なことを——」

　雅は深々と頭を下げ、車の中は沈黙した。

　団蔵は緘黙したまま腕を組み、千鶴子は硬い表情で俯き、粕谷はハンドルを軽く叩い

た――。

やがて、

「先ほど、あんたらは」と団蔵が、ゆっくり静かに口を開いた。「大神神社の拝殿がどうのこうの、と言ったかな」

「はい」千鶴子が答える。「三輪山を拝んでいるはずなのに、山頂を外れて、東の方角を見ているのはなぜか……」

「それで、結論は？」

「おそらく、大字出雲の辺りを拝んでいるんだろう、と推察しました。長谷寺とも、ダンノダイラの磐座とも、微妙に角度が違うので……」

「十二柱神社で、ダンノダイラの話は読んだな」

「はい」

「言語研究者の林兼明《はやしかねあき》は、

『「いはくら」（磐座）は「ひもろぎ」と相並んで日本民族の祭神習俗の根幹をなしたもの』

と言っておる。『岩』は『神の座席』であり『斎《いわ》ひ石』の略語だとな。半分は同意する。しかし、本来『磐座』は、神籬《ひもろぎ》のように神が降りる場所ではなく、神がいらっしゃる場所。つまり――『墓』だ」

「お墓！」

「そうじゃ」

「神の？」

「そのとおり。ほとんどすべての磐座の下には、神が眠っておられる」

三輪は「三勾《みわ》」で「屈肢葬」。つまり、

〝神が身罷った山。それが三輪山――〟

祥子の言葉が、雅の脳裏に蘇る。

ということは。

大神神社といい、石上神宮といい、鹿島神宮といい、出雲大神宮といい、そして嚴島神社の弥山《みせん》で見た無数の磐座を思い出して息を呑む雅の前で、団蔵は続ける。

「船形石、というものがあるのを知っているな」

「貴船神社にあります。神がそれに乗ってこられたと」

「乗ってきてどうしたんじゃろうな。もちろん――その地で亡くなった。ゆえに、人々はその神を祀った」

「あっ」

「『船』も同じ。昔は遺体を『船』に乗せて流した。その船が辿り着く『果て』が『初《は》瀬《せ》』だ」

雅の背中を電気が走った。

これが、さっきメモをした疑問の答えじゃないか！

那智の「補陀洛渡海《ふだらくとかい》」。

死骸。船。流す――。

地上において、それらを表していたのが「磐座」。そして「船形石」……。

「実際、三輪山の頂上には立派な磐座がある。

『吾《あれ》をば倭《やまと》の青垣の東《ひんがし》の山上《やまのえ》（御諸山《みもろやま》）にいつき奉《まつ》れ』

そこに『墓』を造れ、というわけだな」

ということは、と千鶴子が顔をしかめた。

「ダンノダイラの磐座も……」

「ダンノダイラは『デンダイノ』『デンデァノ』あるいは『蓮台野《れんだいの》』じゃ」

「蓮台野って、天皇の火葬場のある――」

そのとおり、と団蔵は首肯する。

「化野《あだしの》、鳥辺野《とりべの》と並ぶ、京の墓地――火葬場のことだ」

「では、あの場所は……」

「初瀬で墓地で磐座じゃな。親戚一同で墓参りに行き、その場所で飲み食いして大いに騒ぐといった風習が、今でも見られる地方があるが、それが大昔から続いておった『出

雲ムラ』の風習だった。つまり、あの一体は、大きな墓地であり葬送場だった。だから
こそ――」

団蔵は雅たちを見た。

「大神神社の拝殿は、出雲の人々のその『墓地』を拝んでいるんだよ」

えっ。

雅は目を見開いて息を呑む。

「磐座」よりは南になるが、確かに拝殿の方角は「ダンノダイラ」で間違いない。

でも……しかし……そんな。

混乱する雅の隣で、

「ということは」絶句しながらも千鶴子が言った。「大神神社は、まさか――詣《まい》り墓」

え。

両墓制《りょうぼせい》？

墓地を二つ造る習俗のことだ。実際に遺体を埋める「埋《う》め墓」と、お参りするための「詣り墓」と――。

いや、と団蔵は笑った。

「当初から『両墓制』という観念があったのかどうかは分からん。しかし、実際にその習俗を持っている地方は、この辺りや京都・滋賀に多いという調査結果も出ておる。『両

墓制』などという名称がつけられる以前からの風習だとな。そして、奈良に関して言えば、わしの都祁近辺に多かった。しかし、これらはあくまでも土葬が主だった時代の習俗で、火葬が主となっておる現在では、姿を消してしまった」

「その場所を、大神神社が拝んでいる……」

「そういうことだ」

と団蔵が答えたとき、

「御前」と、ハンドルを握ったまま粕谷が言った。「そろそろJR奈良駅に到着します」

その言葉に、ハッと雅が窓の外を覗けば、さっきまでとは打って変わって、都会的な街並みの風景になっていた。

本当に、無事に奈良駅まで戻ってこられた！

雅が、団蔵をひどく疑ってしまったことを恥ずかしく思い、心の中でそっと謝っていると、

「良かろう」と答えて団蔵は雅たちを見る。「わしの話も、ここまでだ。真意を分かってくれたかの」

「……はい」千鶴子は頷く。「充分に」

「それは嬉しい」

「お礼を言うのは、こちらの方です。おかげさまで、ほとんどすべての疑問が氷解しま

した」

「ほとんどすべて？　出雲に関して、まだ何か残っておるのか」

「伊勢が」

「なるほど」団蔵は楽しそうに笑った。「確かに、伊勢を知らぬと、出雲の半分しか分からん。伊勢は出雲であり、出雲は伊勢。金胎不二《こんたいふに》――二つでありながら一つという間柄だな」

千鶴子から聞いた、能の詞章のようなことを言う。

「鏑木さんは、伊勢に関してもご存知なんですか？」

「多分な。しかし」団蔵は外を見た。「駅に到着したようだ。これからどこへ行く？」

「特には……。どこか見ておくべき所があれば、教えてください」

「率川《いさがわ》神社へは行ったかな」

「大神神社摂社で、三島由紀夫も参籠したことがあるという……」

そうじゃ、と団蔵は頷きながら尋ねる。

「主祭神を知っておるか？」

「いいえ……残念ながら」

「大神神社境内摂社の狭井《さい》神社は当然参拝したと思うが、あそこの祭神とほぼ同じじゃ」

「えっ。三輪山登拝口の狭井神社と！」

「大物主神。玉櫛《たまくし》姫——勢夜陀多良《せやだたら》比売。そして彼らの娘神の、媛蹈鞴五十鈴《ひめたたらいすず》姫命」

「それは……」千鶴子は目を輝かせた。「ぜひ行ってみます」

「ここからなら歩いて十分ほどだし、行けば、何か面白いことに気がつくかもしれぬしな」

　団蔵は楽しそうに笑った。

「では、良い旅を続けられよ」


　雅たちが車を降りて歩き出すと、ゆっくりと結城がバンに近づいてきた。タクシーを使って、団蔵たちの後を追ってきたのだ。

　千鶴子と雅の姿が完全に見えなくなると、結城は「失礼します」と断ってバンの助手席に乗り込み、早速、団蔵から彼女たちの様子を聞いた。

「そうですか、御前」結城は大きく頷いた。「しかし、彼女たちをあのままにしておいて大丈夫でしょうか。いずれ、どこかで御前のお話を公表してしまうのでは、と危惧いたします」

　ふっ、と団蔵は笑った。

「おそらく、するだろう」

「何と」

「というより、それをせんでは、一人前の研究家とは言えん」

「では、すぐに止めさせましょう！」

振り向いて腰を浮かせた結城を、

「いいや」と団蔵は止めた。「これが、歴史の流れというものだ。少しずつ少しずつ真実が顕わになって行くのだよ」

「では御前は、このままで構わぬと？」

「わしらごときが、歴史の流れを止めようとしても徒労に終わる。それが真実である限り、いくら抵抗したとしてもな。無駄な足掻きというもの」

「しかし――」

だが、と団蔵は白い鬚を揺らして嘆息した。

「ひょっとするとわしも、心の底ではそれを望んでいたのかもしれん」

「は……？」

「かといって、面白半分で世に出されたのではたまらん。そんなときは、それこそどんな手段を用いても阻止しようと思っていた。もう、命も惜しくはないしのう」

「御前……」

「じゃが、あの娘たちならば、この深く暗い歴史と、真面目に向かい合ってくれる。そんな気がしたんだ。どうだ、粕谷」

「はい」と粕谷も答えた。「自分も、そう感じました。きっと大丈夫でしょう」

「そうですか」結城も頷く。「御前がそこまでおっしゃるなら、そのように……」

「今日は、このままご自宅でよろしいですね」粕谷がバックミラー越しに尋ねる。「率川神社は行かれなくて」

「うむ、そうしてくれ」

団蔵は杖を手に大きく頷き、車はゆっくり走り出した。


雅は千鶴子と二人、夕闇迫る奈良の街を、率川神社へ向かって歩く。すると突然、千鶴子が「ああ……」と口を開いた。

「そういうことだったのね。迂闊だった」

「何がですか？」

例によって足早に追いかけながら尋ねる雅に、千鶴子は答えた。

「三輪山山頂の、池よ」

「昔にあったという」

「田中八郎さんの言うように、人々は最初から三輪山自体を崇めていたわけではない。今の団蔵さんの話のように、大物主神——饒速日命の墓所としての『磐座』を崇め奉っていた。一方、出雲の伝承では、神在月《かみあり》に参集した神々は、神目山《かんのめやま》の頂上から舟に乗ってお帰りになるといわれている。そこで、おそらく三輪山山頂でも、同じような神事が行われていたに違いないわ。池に船を浮かべてね。というのも、饒速日命は――」

「天磐船《あめのいわふね》に乗ると言われている！」

「そういうこと」

一つピースが嵌まると、次々に続き、一枚の大きな絵が浮かび上がってくる。雅は思わず嘆息した。

「でも……残念です。大神神社の拝殿の件も含めて、こんなに興味深いテーマを論文に書けないなんて」

「どうして？」千鶴子は雅をチラリと振り返った。「書いたら良いんじゃない。いいえ、書くべきよ。ここまで言及している人は、少なくとも私の知る限り一人もいない」

だって！　雅は叫ぶ。

「さっき、約束しちゃったじゃないですか。分かりましたって」

「鏑木さんの気持ちが充分に分かったって答えたの」千鶴子は笑う。「理解しましたという意味。それと、論文とは別の話」

「ええーっ」

「というより――。真実はそれだけで真実。必ずいつか顕わになる。現実的に、ほぼ公の事実になっている。ただ、島根の出雲のように、派手に喧伝していないだけ。鏑木さんはああ言ったけど、ほとんどの地元の人たちは隠そうなどとしていないから、いずれもっと公になる。それなら、出雲郷や出雲寺の悲惨さや哀しさを知っているあなたが書くべきだわ。いえ。あなたしか書けない」

「千鶴子さんは？」

「私は、自分のことで手一杯」千鶴子は笑った。「それに今回、ずっと追っている大嘗《だいじょう》祭《さい》に関してのヒントがあったような気がしてるから、そっちを優先する」

「大嘗祭ですか！」

「そう」千鶴子は微笑む。「あと、伊勢の勉強もしなくちゃならない」

そうだ。

次は「伊勢」だ！

出雲と伊勢は「金胎不二」「一体分身《いったいふんじん》」で、同体。

〝伊勢を知らぬと、出雲の半分しか分からん〟

鏑木も言っていた。

いずれ千鶴子が伊勢に行くのなら、必ず同行させてもらわなくては！

雅は勝手に決める。

でも――、ふと思って千鶴子に尋ねた。

「これらのことは、御子神さんもご存知なんでしょうか？」

「本来の出雲が奈良・大和だったということは知っていてもおかしくないわね。でも、今のあなたの方が、遥かに詳しい。大神神社拝殿の件にしても、三輪山の磐座に関しても、ダンノダイラに関しても。だから、あなたが書くべき」

「そう……ですか」

「もしも、それで何か鏑木さんたちとトラブルが起こったら、私が全部引き受ける。あなたよりは、家も近いしね」

「はあ……」

「とにかく、鏑木さんに言われたようにお参りして、それから今日一日のことをまとめましょう。美味しい食事と、美味しいお酒をお供にね」

千鶴子が笑い、二人は夕暮れの率川神社の鳥居をくぐった。

《エピローグ》

翌朝。

団蔵はいつものように一人、率川《いさがわ》神社に参拝した。

人気《ひとけ》のない境内には、早くも六月の三枝祭《さいくさのまつり》——別名「ゆりまつり」の案内板が立てられている。

この祭は、『令義解《りょうのぎげ》』に、

「三枝花を以て、酒罇《みか》を飾りて祭る。故に三枝と曰ふ」

とある。また、大神《おおみわ》神社摂社の狭井《さい》神社で行われる鎮花《ちんか》祭と同じく『大宝律令』に国家の祭祀と定められていて、疫病鎮圧に由来するとの見方もある。

この祭は、笹百合の花で酒樽を飾って大前《おおまえ》に供え、さらに神楽の採物《とりもの》にも笹百合を使用するが、これは御祭神「媛蹈鞴五十鈴姫命《ひめたたらいすずひめのみこと》」が住んでおられた三輪《みわ》山の山麓、狭井川付近には笹百合が咲き誇っていたという神話に基づくものと言われているが——本質は違う。

「百合の古名を佐韋《さい》といい、笹百合（三枝の花）を以て酒樽を飾るので、このように呼ばれる」

「三枝とは笹百合のことで『古事記』には百合の古名を『狭井』という」

などともいうが、結局、百合の古名が何故「サイ」「サヒ」なのかということは、

「他に所見のない語である」

と片づけられ、謎のまま放擲されている。

団蔵は苦笑した。

昨日の彼女たちならば、あっさりと解明できたのではないか。それほど単純なことだ。

というのも「サイ」「サヒ」は、鉄の古語ではないか。

古代史研究家の柴田弘武《しばたひろたけ》は、

「三輪山、巻向山《まきむく》あたりが古代産鉄地であったことは『大神神社史』の樋口清之論文によって明らかである」

と言い、

「即ちサビ山＝鉄山には山百合草が多く生ずるところから、山百合のことをサイグサというようになったと思われるのである」

と書いている。

また、民俗学者の谷川健一《たにがわけんいち》は、日本武尊《やまとたける》が、

「吾が足は三重の勾《まがり》の如くして、甚疲《いと》れたり」

と言ったのは「金属精錬技術者」の罹患する「有機水銀中毒」による神経疾患――いわゆる現在の水俣病の症状であり、それによって命を落としたのだろうと書いている。

これは、製鉄従事者は跛者《はしゃ》と考えられていたことにも通じる。

つまり、この地が一大産鉄地の「出雲」であったとするならば、鉄である「サヒ」や「ササ」がたくさん採れた、それを祝う祭こそが「サヒ草祭」だったのだ。


団蔵は、拝殿でお参りを済ませると、本社・大神神社遥拝所の石板の前に立った。そして、いつもと同じように、

〝今日も出雲が安寧でありますよう〟

と祈る。

しかし今朝は続けて、西北西と東南東を向いて、深々と頭を下げた。

正確に言えば、「西」と「西北西」を分けるラインと、「東」と「東南東」を分けるラインの方角だ。

明治八年（一八七五）に、春日大社と大神神社の間で大きな争いが起こった。それは、どちらがこの率川神社を摂社として取り入れるかということだった。その大喧嘩の末、明治十二年（一八七九）に、率川神社は大神神社摂社となった。

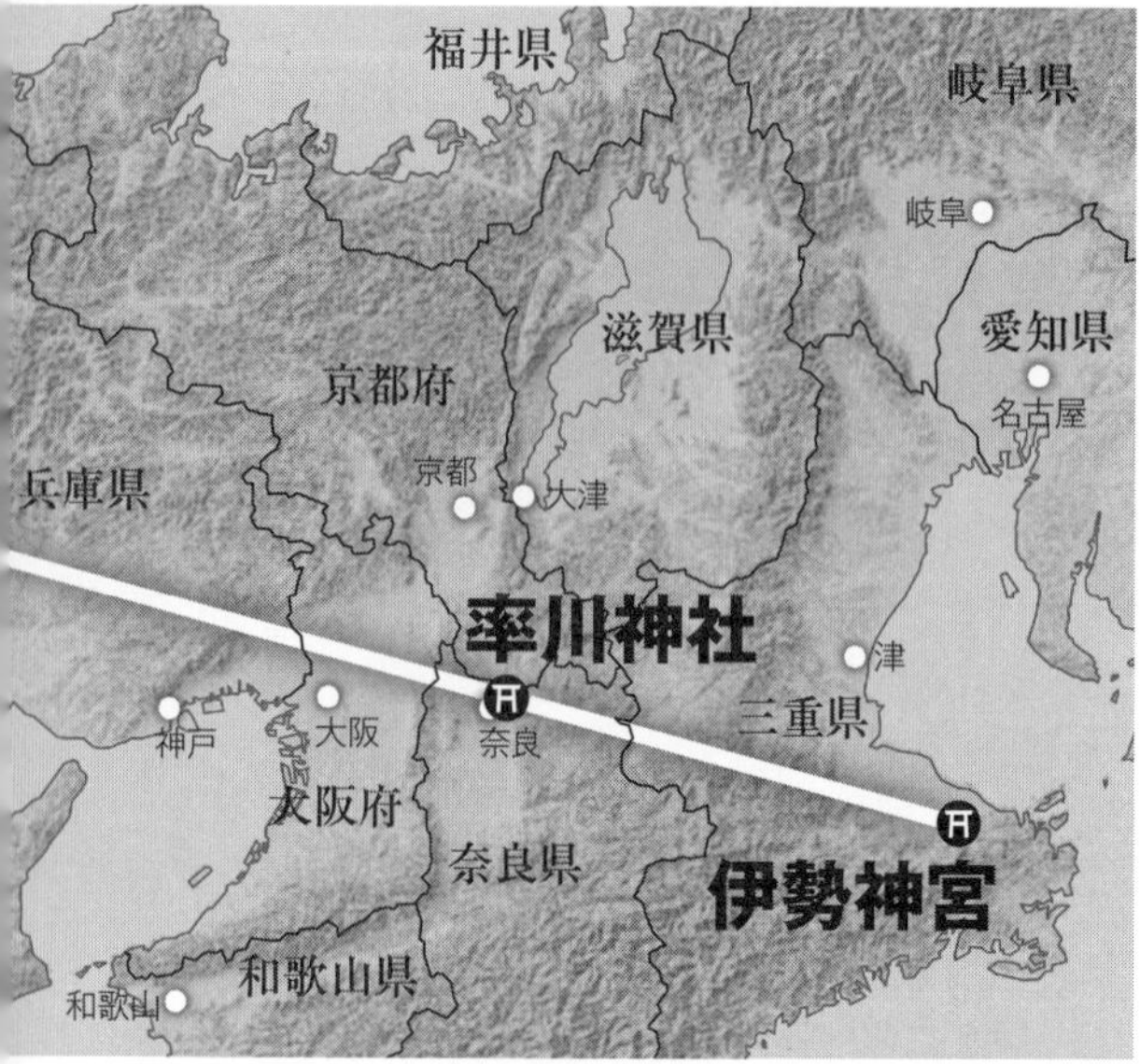

この小さな神社を、由緒正しき大きな古社が、それほどまでに摂社にしたかった理由は――

おそらく、ほとんどの人々は誰も気づいていない――率川神社の「深秘《じんぴ》」にある。

それは、この神社の立地。

今、団蔵が拝礼した方角――

西北西には、島根の出雲大社が。

東南東には、三重の伊勢神宮が鎮座しているのだ。

つまり率川神社は、この二社を一直線に結ぶライン上に鎮座して、狭井大神――大物主神を祀っている奈良市、いや、奈良県唯一の神社なのである。

そういえば……。

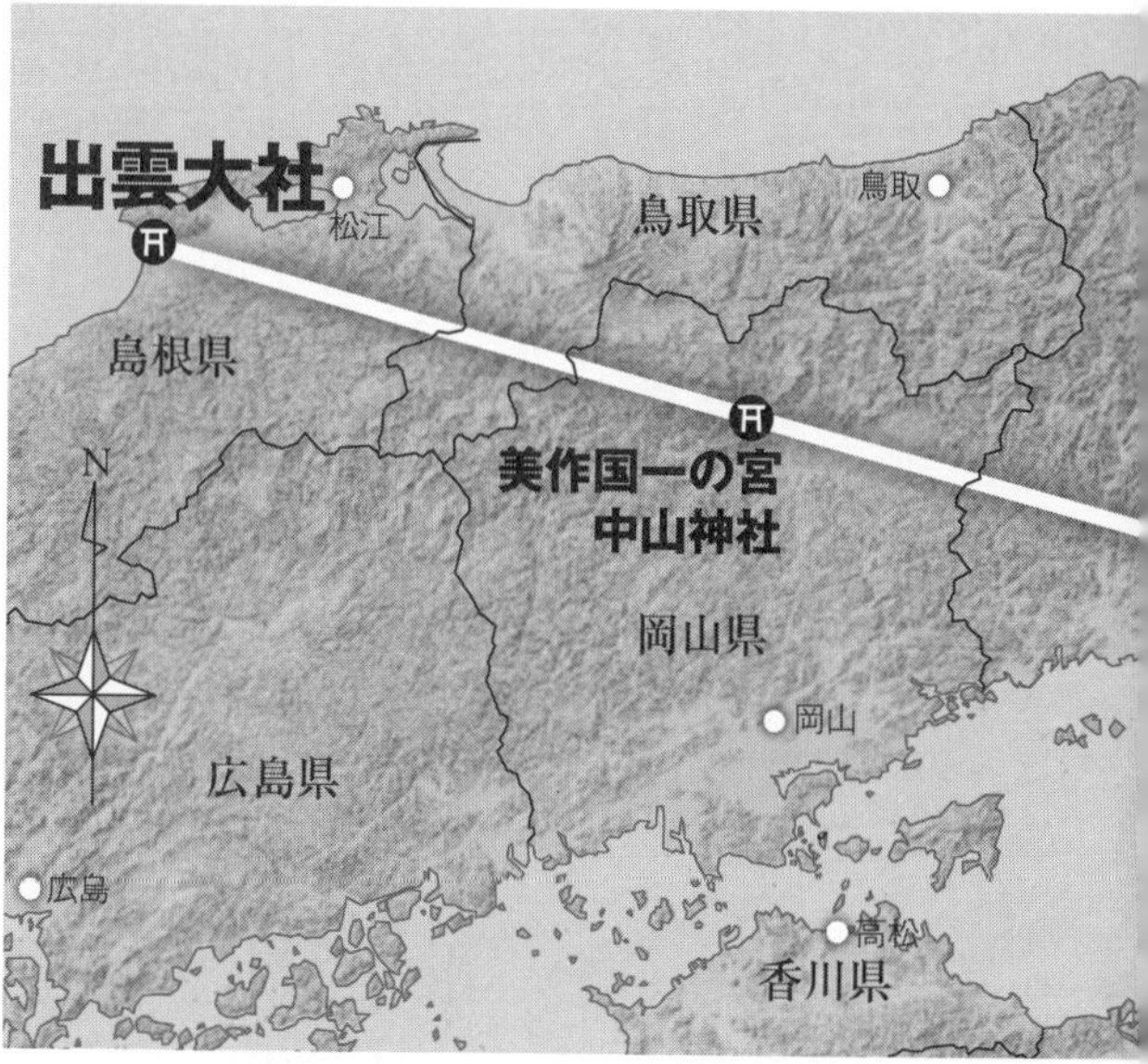

団蔵は、ふと顔を上げる。

先ほど「伊勢を知らぬと、出雲の半分しか分からぬな」と言ったが、実はもう一つ知っておかなくてはならないモノがある。それを知って、初めてこの国の全てが分かるのだが……。

まあ、それは良い。運が良ければ、彼女たちも気がつくだろうし、気づくことができなければそれまで。少なくとも、今の団蔵には関係のない話——。

団蔵は西北西に、そして東南東に向かって手を合わせると、

〃今日も、虚空《そらみ》見つ日本《やまと》の国が平《たいら》かでありますよう〃

心を込めて祈った。

参考文献

『古事記』次田真幸全訳注／講談社
『日本書紀』坂本太郎・家永三郎・井上光貞・大野晋校注／岩波書店
『続日本紀』宇治谷孟全現代語訳／講談社
『続日本後紀』森田悌全現代語訳／講談社
『新訂　魏志倭人伝　他三篇』石原道博編訳／岩波書店
『古事記注釈』西郷信綱／筑摩書房
『万葉集』中西進全訳注／講談社
『風土記』武田祐吉編／岩波書店
『出雲国風土記』荻原千鶴全訳注／講談社
『常陸国風土記』秋本吉徳全訳注／講談社
『枕草子』石田穣二訳注／角川学芸出版
『源氏物語』石田穣二・清水好子校注／新潮社
『源氏物語』円地文子訳／新潮社
『土佐日記　蜻蛉日記　紫式部日記　更級日記』長谷川政春・今西祐一郎・伊藤博・吉岡曠

校注／岩波書店
『宇治拾遺物語』小林保治・増古和子校注訳／小学館
『今昔物語集』池上洵一編／岩波書店
『日本古典文学大系3　古代歌謡集』土橋寛・小西甚一校注／岩波書店
『誹風柳多留』宮田正信校注／新潮社
『相撲開祖　野見宿禰と大和国出雲村』池田雅雄／相撲開祖　野見宿禰顕彰会
『野見宿禰と大和出雲――日本相撲史の源流を探る』池田雅雄著／池田雅之・谷口公逸編／彩流社
『出雲神話論』三浦佑之／講談社
『神に関する古語の研究』林兼明／冨山房インターナショナル
『神道辞典』安津素彦・梅田義彦編集兼監修／神社新報社
『語源辞典』山口佳紀編／講談社
『隠語大辞典』木村義之・小出美河子編／皓星社
『鬼の大事典』沢史生／彩流社
『大和誕生と神々――三輪山のむかしばなし――』田中八郎／彩流社
『天照大神は夫余神なり――神の妻となった女性たちの古代史』皆神山すさ／彩流社
『全国「別所」地名事典　鉄と俘囚の民族誌――蝦夷「征伐」の真相』柴田弘武／彩流社

『古代地名語源辞典』楠原佑介・桜井澄夫・柴田利雄・溝手理太郎編著／東京堂出版
『歴代天皇総覧』笠原英彦／中央公論新社
『皇位継承事典』吉重丈夫／ＰＨＰエディターズ・グループ
『新訂　字統』白川静／平凡社
『新訂　字訓』白川静／平凡社
『奔馬――豊饒の海・第二巻――』三島由紀夫／新潮社
『現代詩集』河井酔茗著者代表／筑摩書房
「三輪明神縁起」大神神社
「三輪明神　大神神社」大神神社広報課編／大神神社社務所
「石上神宮」石上神宮
「倭姫命御聖跡巡拝の旅」倭姫宮御杖代奉賛会
観世流謡本『三輪』丸岡明／能楽書林

＊作品中に、インターネットより引用した形になっている箇所がありますが、それらはあくまで創作の都合上であり、すべて右参考文献からの引用によるものです。

この作品は完全なるフィクションであり、
実在する個人名・団体名・地名等が登場することに関し、
それら個人等について論考する意図は全くないことを
ここにお断り申し上げます。

N.D.C.913 270p 18cm

古事記異聞《こじきいぶん》 鬼《おに》統《す》べる国《くに》、大和《やまと》出雲《いずも》

二〇二〇年十一月四日 第一刷発行

KODANSHA NOVELS

定価はカバーに表示してあります

著者—高田《たかだ》崇史《たかふみ》 © Takafumi Takada 2020 Printed in Japan

発行者—渡瀬昌彦

発行所—株式会社講談社

東京都文京区音羽二-一二-二一

郵便番号一一二-八〇〇一

編集 〇三-五三九五-三五〇六

販売 〇三-五三九五-五八一七

業務 〇三-五三九五-三六一五

本文データ制作—凸版印刷株式会社

印刷所—凸版印刷株式会社 製本所—株式会社若林製本工場

ISBN978-4-06-520845-8